Steinschlag im Suldnertal

Kriminalgeschichte von KhBeyer

Leseproben auf

dersaisonkoch.com und dersaisonkoch.blog

Vorwort

Alle Namen von Betrieben und Personen
sind von mir frei erfunden.
Bestimme Personen und Betriebe,
vor allem jene, die mir freundlich gesinnt waren,
nenne ich, mit deren Einverständnis, bei ihrem
wahren Namen.
Sonstige
Ähnlichkeiten und Übereinstimmungen
sind reiner Zufall.

Der Unfall

Marco P. kommt mit seinem Techniker Frederico, regelmäßig nach Prad. Sie möchten hier für den Giro d'Italia trainieren. Ganz speziell, für die Etappe über das Stilfser Joch. Wie üblich, stehen verschiedene Reifen und Felgen auf dem Trainingsprogramm.
Louis, ein Radrennfahrer aus Lana, trifft sich regelmäßig mit Marco P und Federico. Er will heute Marco P bei Luise und Reinhold im Hotel abholen.
Frederico sagt Louis, Marco P ist bereits abgefahren. Er will oben am Stilfser Joch warten.
Louis bricht allein auf. Er glaubt nicht, Marco P einholen zu können.
Kaum sitzt Louis auf dem Rad, kommt ein Auto auf den Hotelparkplatz gefahren. Gerhard, ein Elektriker aus Sulden, springt aufgeregt aus dem Auto.
„Oben liegt ein toter Rennfahrer. Ich glaube, es ist Marco P."
Luise steht noch an der Tür und will gerade Louis verabschieden.
„Hast du schon die Carabinieri angerufen?"
„Oben ist kein Empfang. Das musst du jetzt tun."
Luise ruft an. Dann ruft sie Reinhold im Haus, der etwas schwerhörig ist.
„Der Marco P liegt oben. Fahr mal hin!"

Reinhold fährt sofort l... or einer Stilfser Brücke über den Sulde... eht linker Hand ein Wanderweg entlang. W... t, wollte Marco P dort ein kleines Geschäft verrichten. Ein Steinschlag hat ihn dabei erwischt. Er hatte die Hose teilweise herunter gezogen dafür.

Reinhold kennt die Stelle. Dort gibt es reichlich Steinschläge. Auf dem Weg sieht er die Steine zahlreich da liegen.

Kaum ist Reinhold bei Marco P, treffen schon die Carabinieri und das Weiße Kreuz ein. Mit einem Hubschrauber können sie dort nicht landen. Sie kommen mit Martinshorn gefahren.

Kommissar Marco ist auch wieder zugegen. Allein. Toni und Monika sind nicht mehr bei ihm. Ihre Abteilung wurde aufgelöst. Kosteneinsparung, wurde ihnen gesagt. Die Beiden trifft es nicht besonders hart. Die haben ihre Hütte. Das ist alle Mal besser, als versetzt zu werden. Marco spricht sie nur an, wenn er viel Arbeit hat oder ein Fall zu kompliziert erscheint.

Hier sieht er nach dem Beschau einen Unfall. Er lässt trotzdem ein paar Steine einpacken zur Untersuchung. Unter den Steinen ist kein frisch abgeschlagener dabei. Und das macht ihn etwas stutzig. Bei einem Steinschlag oder bei einer Lawine, sind Steine dabei, die während des Abganges, abgeschlagen oder vom Boden abgelöst werden.

Unter den Steinen um Marco P, ist kein einziger mit diesen Merkmalen.

Marco ruft sofort Toni an. Monika hört mit.

„Da stimmt was nicht", sagt sie. Marco hört das und lacht.

„Wir kommen", sagt Toni.

„Wir treffen uns bei Luise und Reinhold im Hotel Prad", antwortet Marco. Er hat bereits bei Luise einen Stützpunkt eingerichtet. Von hier aus sollen die Zwei die Ermittlung führen. Monika und Toni sollen die Anlieger dieses Viertels befragen. Derweil organisiert Marco den Stützpunkt am Zinggweg in Prad. Die Kollegen dort sind gut organisiert und haben reichlich Erfahrung mit Unfällen jeder Art.

Zuerst wollen Marco, Toni und Monika die Wirtsleute vom Hotel Prad befragen. Luise wirkt stark erschüttert. Sie ist zu Aussagen noch nicht bereit. Toni geht in der Zwischenzeit mit Monika das Zimmer von Marco P durchsuchen. Marco verabschiedet sich von Luise, der Wirtin.

„Die Untersuchung hier wird von Toni und Monika durchgeführt. Wir bringen erst mal alle Funde ins Labor."

Reinhold ist bereits dabei, das Rennrad und die Sachen von Marco P zu packen, die nicht im Labor sind. Er hat die Familie von Marco P benachrichtigt. Eigentlich würde Luise in den kommenden Tagen einen Bus mit Touristen erwarten. Sie muss das absagen.

„Ich denke, Marco 's Familie und sicher auch ein paar Freunde werden hier her kommen."

Frederico kommt wieder gefahren. Louis ist bei ihm. Sie waren in Sulden und anschließend in Prad. Beide fahren in anderen Teams, die alle in Prad und Sulden sind. Deren Räder sehen gut aus. Die Trikots sind mit Reflektoren versehen. Ganz vorschriftsmäßig.

Die Hoteliers aus der Gegend sind dankbar für die Veranstaltungen. Neben den Mannschaften, finden sich auch reichlich Fans ein. Im Tross dieser Profis sind aber auch reichlich Amateure, die eventuell mit diesem Beruf liebäugeln.

Auf den größeren Parkplätzen stehen Lastwagen mit den Namen der Teams. Einige sehen aus wie rollende Labore. Andere, wie Reisebusse. Nur deren Fahrer schlafen im Bus. Die Passagiere sind alle zu Gast in den örtlichen Hotels.

Monika sieht viel Arbeit auf sie zukommen. Die Carabinieri können das allein gar nicht schaffen ohne reichlich Verstärkung.

Dazu liegt die Vermutung nahe, dass die Teams die Gegend in den kommenden Tagen verlassen. Dann wird eine eventuelle Spur kalt.

Neben dem Trubel gibt es auch reichlich Feinde dieser Veranstaltungen. Die Radfahrer als auch deren Fans, schmeißen nicht wenig Müll in die Gegend. Die Bauern und der Straßendienst beklagen sich regelmäßig über ruinierte Maschinen, die bei der Säuberung der Straßenränder kaputt gehen. Die leicht bewachsenen Ecken und ohnehin spärliche Natur, ist an verdeckten Stellen die Toilette der Fangemeinde. Neben übermäßig benutzter Unterwäsche, Tampons, Slipeinlagen, Taschen- und Handtüchern im Zelluloseformat, finden sich in den abgesonderten Darminhalten, Verpackungen von Arzneimitteln, Spritzen und Ersatzteilen. Kein Mensch kann das ohne Vollschutz beräumen. Es sei denn, er möchte sich täglich nach der Beräumung, einem kompletten Gesundheitstest unterziehen. Schließlich wäre damit auch die menschliche Umgebung samt Familie stark gefährdet.

Kein Mensch kann in dem orangenen Vollschutz länger als zwei Stunden am Stück arbeiten.

Offensichtlich ist es den Verantwortlichen auch nicht möglich, sich diese Arbeit an zu tun. Noch zu mal, die Entsorgung sicher zu dem problematischsten Teil des Unternehmens gehört.

Wer möchte schon gern Kinder oder Passanten mit diesem hoch giftigem Müll belasten? Eigentlich dürfte es reichen, bisweilen einen Radprofi an dem Zeug krepieren zu sehen. Von den Tieren der Umgebung ganz zu schweigen.

Am meisten freuen sich die örtlichen Tankwarte über die umweltschonenden Veranstaltungen. Diese umweltfreundlichen Umsätze bringen nicht mal die umweltschädlichen Motorradfahrer in den Hochsaisons ein. Erwin, der Tankwart, verkauft selten so viel Treibstoff wie an diesen Tagen. Daneben handelt er in diesen Tagen auch vermehrt mit Keilriemen, Ölen, Fetten und, man will es nicht glauben, mit Scheibenwischern. Selbst das Angebot an Sonnenbrillen muss extra erweitert werden. Die normalen Sonnenbrillen, die von Motorradfahrern bevorzugt werden, sind den Radfahrern zu billig. Die ziehen angeblich in den Augen.

Der Zweifel

Marco ruft Monika auf dem Aschbach an. An allen Steinen wurden Fingerabdrücke gefunden. Marco P. wurde von drei Steinen am Kopf getroffen. Das konnte er nicht überleben. Toni bekommt den Auftrag, die Personen zu finden, von denen die Fingerabdrücke stammen.

Bei der Untersuchung wurde auch festgestellt, Marco P. selbst ist auch durchsucht worden. Wahrscheinlich erst nach seinem Tod.

,Wer durchsucht einen Toten und meldet es nicht?', fragt sich Toni. Mindestens eine Person hat den Trainingsanzug von Marco P. berührt. Das Labor in Bozen versucht, Genproben zu extrahieren. Eigentlich ist damit keine Schuld bewiesen. Vielleicht hat das Zimmermädchen oder Luise den Trainingsanzug berührt. Am Trainingsanzug sind Aufdrucke, welche die Fingerabdrücke konserviert haben. Marco freut sich darüber. In der Datenbank waren die Abdrücke aber nicht zu finden. Die Genproben dauern aber noch eine Weile. Die Proben können mit reichlich Datenmaterial verglichen werden. Zumindest, was die Südtiroler und Italienische Bevölkerung betrifft.

Monika und Toni sollen nun in den jeweiligen Hotels und Gaststätten, die Proben jener sammeln, die als Mörder Marco P's in Frage kämen. Eine Theorie haben sie noch nicht. Ein Motiv können sie beim besten Willen nicht erkennen.

Zuerst gehen sie zu Luise im Hotel Prad und suchen dort Spuren.

Zumindest erhoffen sie sich im Gepäck Marco P.'s und im Zimmer schon gewisse Anhaltspunkte. Marco ist schon da. Er sammelt sämtliche Proben und Fingerabdrücke. Er hat viel zu tun. Dieses Mal haben die Labore alle Hände voll zu tun. Hunderte Proben sind schon angefallen. Wahrscheinlich müssen andere Labore mit arbeiten. Marco ruft vorsichtshalber die Krankenhäuser an, ob sie helfen können. Trotzdem müsste er in diese Labore spezielle Kriminologen zur Unterstützung schicken.

Die Fingerabdrücke auf den Steinen deuten etwas an. Die Steine wurden von einer oder zwei Personen extra zusammen getragen. Mit dem Befund geht Marco jetzt offiziell von Mord oder vorsätzlicher Körperverletzung aus.

Marco muss als Erstes heraus bekommen, ob Einheimische oder der Straßendienst, eventuell die Steine zusammen getragen haben. Kritische Stellen werden sehr oft beräumt, um Steinschläge zu vermeiden. Als Nächstes will Marco feststellen, ob dort in dem Gebiet, Forstarbeiten statt fanden. Im Rahmen dieser Arbeiten werden auch oft Steine bewegt. Seine Aufgabe konzentriert sich auf die

Landesämter und deren Arbeitsaufträge. Leider werden gerade die jetzt auch an Privatunternehmen vergeben. Das macht die Ermittlung besonders schwer. Keine dieser Firmen wird jemals irgendeine Fehlhandlung zugeben. Das würde unweigerlich zur Pleite dieser Firma führen. Marco muss jede Firma direkt besuchen und dort nötigenfalls, Unterlagen konfiszieren.

Monika geht wieder in ihre Hütte. Die Hütte wird zur Ermittlungszentrale. Bei ihr laufen alle Erkenntnisse zusammen. Parallel zu Marcos Büro bei den Carabinieri. Toni meldet ihr die Ergebnisse seiner Befragungen und sonstige Erkenntnisse. Die Drei haben ein ziemlich gut funktionierendes System aufgebaut. Die zwei Inspektoren auf Abruf werden langsam zur ersten Ermittlungswaffe Marcos.

Toni geht als Erstes zu den Mannschaften der Radprofis. In Prad, im Hotel Mücke, findet er ein holländisches Team und dessen Fans. Das ist das Team von Louis. Louis aus Lana ist erst neu in das Team aufgenommen worden. Ins Team, Schoko. Bei Veranstaltungen im Gemeindesaal von Lana, gibt Louis den Besuchern reichlich Werbegeschenke in Form von Schokolade. Seine Anhängerschaft wächst dadurch ständig. Im Ort hängen auch schon verschiedene Plakate mit seinem Antlitz.

Louis versucht, Toni gleich mit den richtigen Ansprechpartnern bekannt zu machen. Neben dem Mannschaftsarzt ist das auch deren Trainer. Den Mannschaftsarzt finden die am Getränkebuffet. Er öffnet sich gerade eine Flasche Forst, naturtrüb. Louis stellt Toni vor und sagt dem Arzt, der sich mit Blendkopp vorstellt, seinen Namen und den Grund seines Besuches. Neben Herrn Blendkopp stehen noch zwei hübsche Damen. Eine wirkt etwas karibisch. Blendkopp stellt Toni die Damen vor.

„Das sind unsere Masseusen, Heren und Kuiken. Wollen sie auch eine Massage?"

Toni wird knallrot bei dem Anblick der Damen. Er will nicht fragen, was die Damen massieren.

„Kennen sie Marco P.?"

„Ja. Wie geht' s ihm?"

„Marco ist verunglückt. Er ist tot."

„Ich kann es nicht fassen. Den wollten wir mal unter Vertrag nehmen."

„Dann kennen sie auch das Gesundheitsprofil von Marco?"

„Aber sicher. Der Mann war topfit."

„Und was war mit den Bluttests?"

„Ich kann Ihnen sogar Proben geben. Die waren alle sauber."

„Nehmen sie auch Blutproben von ihrer Mannschaft?"

„Natürlich. Die sind alle sauber. Ich kann ihnen auch davon Proben geben. Die müssen sie aber über die Carabinieri anfordern."

Toni lässt von der weiteren Befragung ab. Er verabschiedet sich von Mannschaftsarzt. Eigentlich hätte er den Arzt noch fragen können, wie viele Fahrer des Teams mit Sondergenehmigungen unterwegs sind. Die Fahrer mit dauerhaft erhöhtem Hämoglobinwerten haben sehr oft eine Sondergenehmigung.

Die Frage stellt er dem Arzt beim nächsten Mal. Er ist sich sicher, den Arzt noch öfter zu treffen.

Die zwei Masseusen stellen sich neben Toni. Sie nehmen ihn in die Mitte.

„Bleibst du noch heute Abend?"

Toni ist erstaunt von dem guten Deutsch, das die Damen sprechen.

„Sie sprechen gut Deutsch."

„Wir haben auch in Deutschland studiert."

„Wie? In Hamburg?"

„Nein. An der Sporthochschule in Köln."

„Ah. An der Geestemünder Straße?"

„Du Scherzbold. Du kennst dich gut aus."

‚Also kennen die Damen die Geestemünder Straße in Köln,' denkt sich Toni.

„Das Auskennen ist mein Beruf."

Kuiken zwickt Toni in den Hintern. Wenn das Monika gesehen hätte, würde das Kuiken jetzt eine Watschen kassieren. Monika ist da nicht zimperlich als gestandene Wirtin.

„Du könntest schon auch eine Massage gebrauchen. Du bist ziemlich verkrampft", sagt Kuiken zu Toni. Toni wird etwas rot und überlegt, ob er das Angebot annehmen soll. Ermittlungsarbeit. Wenn das Monika erführe, würde er zu Hause die dreifache Ermittlung zu spüren bekommen. Monika würde das hierzulande sofort erfahren. Man kennt sich in Wirtskreisen. In Südtirol bleibt keine Nachricht dieser Kategorie länger als zwei Tage geheim. Bei entsprechender Brisanz, ist das Maul schneller als die Zeitung. Schließlich rennen wir täglich einkaufen und anschließend ins Cafe zum Viertel oder Gespritzten.

Toni geht mit Louis noch zum Trainer. Der redet noch etwas geheimnisvoller als der Arzt. Toni hört aber Etwas heraus. Louis ist selbst erschrocken. Die Mannschaftskollegen aus Belgien haben etwas gegen Italiener und Südtiroler. Jeder dieser Fahrer scheint einen persönlichen Arzt zu haben. Den nennen sie Fitnessmanager oder Personaltrainer. Und die machen sich und ihren Schützlingen das Mannschaftsleben schwer. Ganz nebenbei erfahren sie, Marco hatte auch so einen Manager.

Nach zehn Minuten hat der Trainer der Holländer, Mussle, in seinem Zimmer zu tun. Er entschuldigt sich und lässt Toni allein mit Louis. Kurz darauf kommt noch ein Kollege zu Louis. Er stellt sich mit Lackmus vor und wundert sich über Tonis Unkenntnis seines Namens betreffend. Den kennt schließlich jeder Rennfan. Toni bietet ihm ein Getränk an. Alkohol, Kaffee, Tee und Cola lehnt Lackmus ab. Er müsste noch zum Arzt.

Im Gespräch, das nicht lange dauert, erfährt Toni einige Neuigkeiten. Die Rennfahrer mögen sich untereinander nicht besonders. Kein Wunder, Radfahrer sind Einzelsportler. Selbst die Hilfe für den Spitzenfahrer des Teams muss bezahlt werden. In dem Fall von einem Team oder von einer Mannschaft zu reden, ist wohl unpassend. Mit Geld gründet man ganz sicher keine Mannschaft. Das soll dann der Trainer mit dem billigem Geschwätz von Heldentum richten. Wenn das nicht hilft, müssen die Mediziner eingreifen. Um diese Sportler schlägt sich eine gewaltige Drogenindustrie. Und wehe, einer schwätzt. Louis sagt durch die Blume, der Lackmus schläft praktisch in einem Labor. Nebenbei erfährt Toni, Louis möchte damit aufhören und sich dem Amateursport zuwenden.

„Wenn du denkst, dort dopen sie nicht, scheint das ein guter Vorsatz zu sein."

„Sobald es um ein Preisgeld geht, triffst du auch wieder die Dealer und ihre Kunden. Es geht um Beute."

„Mit Sport hat das wenig zu tun. Ich glaube, Monika, ihre Kollegen und ich, wir sind echte Sportler. Vielleicht auch viele Bauern, Hirten und Gärtner hier in Südtirol."

„Du meinst, ich solle mir lieber eine körperliche Arbeit suchen?"

„Ja."

„Danke für deinen Tipp."

„Denk dran: Profisport ist Mord. Profimassensport ist Massenmord. Ich muss jetzt in ein anderes Hotel. Wo die Belgier schlafen."

„Die schlafen im Suldenklotz. Das ist nur ein paar Meter weg von hier."

„Danke, Louis. Wir sehen uns wieder bei Bedarf."

„Ich helfe dir gerne."

„Nebenbei. Ich brauche mal ein paar benutzte Gläser oder Flaschen deiner Kollegen und der Leute, die mit euch zusammen sind. Ich rede noch mit den Wirtsleuten."

„Die stellen wir gleich bei Seite. Noch vor dem Spülvorgang."

„Wir holen die in der Nacht ab."

„Wo schlafen denn die Italienischen Mannschaften?"

„Die sind nicht hier in Prad."

Ich muss unbedingt heraus bekommen, wo die Italiener schlafen. Vielleicht weiß Luise, Näheres.
Bei Luise ruft Toni erst mal Monika an. Luise lässt ihr einen schönen Gruß ausrichten. Toni meldet seine Erkenntnisse. Monika erzählt von den ersten Laborergebnissen.
Der Großteil der Steine ist untersucht worden. Es gibt an fast allen, Fingerabdrücke von nur zwei Personen. Toni schluckt. Jetzt muss er unbedingt erfahren, ob irgendwelche Baubetriebe dort zu tun hatten.
Eventuell auch im Zusammenhang mit der Brücke.
Die Gensequenzen vom Gentest sind zwar eindeutig aber schwer zu zuordnen. Dafür bräuchte es wirklich Gegenproben. Marco von den Carabinieri hat die europäischen Partner angefragt. Das wird jetzt einige Zeit dauern, bis dazu Ergebnisse vorliegen.
Bei Luise ist ein befreundeter Bauer des Ortes. Der holt im Sommer gern den Grünschnitt von Luise.
Luise bekommt dafür Eier und auch etwas Fleisch.
Schorsch, der Bauer meint, Bauern würden in diesen Berg nie einsteigen. Dort wäre es viel zu gefährlich. Außerdem gibt es dort nichts zu holen. Den eventuell fälligen Baumschnitt macht die Feuerwehr.
Das Stichwort hat Toni noch gefehlt. Die Feuerwehr. Er muss jetzt heraus bekommen, wer dort wann, Bäume beschnitten hat. Toni geht davon aus, der Beschnitt wird mit einer Kranhebebühne gemacht. Mit einem

Telestapler. Die Einzigen, die so Etwas griffbereit haben, sind die Feuerwehren. Toni muss nach Schlanders, um Genaueres zu erfahren. So viel er weiß, gibt es das auch in Schluderns. Das wäre näher. Er ruft dort an.

Die Schludernser schicken Toni nach Schlanders. Ihr Gerät wäre aktuell in der Reparatur. Toni fällt ein, zur Not ginge auch eine Feuerwehrleiter. Er muss unbedingt den Platz erreichen. Vielleicht gibt es dort noch mehr Spuren. In Schlanders bekommt er die Hebebühne. Morgen Früh trifft man sich bei Luise. Luise hat ein paar Gäste im Haus. Es gibt Rippelen. Toni bleibt gleich hier. Ihm tropft der Zahn. Er wird von Louis begleitet. Jetzt kann er Louis noch ein paar Einzelheiten aus der Nase ziehen. Louis wirkt nicht besonders offen und gesprächsfreudig. Trotzdem erfährt er, Marco P. hatte auch viele Feinde in seiner Mannschaft. Heuchler, wäre wohl der bessere Begriff. Marco ruft noch an. Er kommt am Morgen mit. Er möchte auch neueste Erkenntnisse mitbringen. Außerdem weiß Marco, in welchen Hotels und Pensionen andere Mannschaften untergebracht sind. Es sind reichlich. Er spricht von Dänen und von Teams, die selbst Toni nicht kennt. Toni ist aber auch kein ausgesprochener Fan der Dopingfestspiele. Er weiß nur von Marco, wie oft die Carabinieri wegen der Dopingsünden schon ausrücken mussten. Selbst bei

Marco P. war ein kleines Blutlabor auf dem Zimmer. Luise dachte, das würde bei Unfällen oder Schwächeanfällen zur ersten Hilfe benötigt. Toni hat ihr das ein bisschen erklärt. Die Fans von Marco sind davon unbeeindruckt. Sie sind der Meinung, das gehört dazu.

An sich ist das Radfahren, auch unter Doping, eine extreme Belastung. Zumindest so, wie es aktuell, professionell betrieben wird. Gesund kann das nicht sein. Es grenzt eher an eine schwere Körperverletzung.

Luise sagt zu Toni, im Kühlhaus im Keller steht noch eine Kühlbox von Marco P..

„Die schau ich mir später an", antwortet Toni. Er wartet auf den Morgen, um die Box, Marco, dem Kommissar zu übergeben.

Jetzt, nach dem Essen und den Gesprächen, hätte Toni eigentlich noch Lust, seine Monika zu besuchen. Er ruft an, ob sie noch auf ist. Sie ist aber nicht auf dem Aschbach, sondern auf ihrer Hütte. Das würde wirklich zu lange dauern. Toni verabschiedet sich von dem Wunsch und geht auf sein Zimmer.

Luise weckt Toni mit dem Telefon. Es ist halb Sieben.

„Marco und die Feuerwehr aus Schlanders sind angekommen."

„Ich komme sofort."

Luise hat schon Rührei, Brot und Aufschnitt gedeckt. Reinhold hat frische Brötchen von Bäcker geholt. Nach dem Frühstück gehen alle Beteiligten los zur Unfallstelle. Sie müssen die Straße halbseitig sperren. Die Talbewohner schimpfen etwas.

„Ausgerechnet zu der Zeit, zu der wir auf Arbeit müssen."

Die Verspätungen werden in den jeweiligen Firmen schon Schäden hinterlassen. Im Raum um Prad und im Müstairtal, sind reichlich Firmen angesiedelt. Auch die Pendler, die in der Schweiz und im Grenzbereich arbeiten, schimpfen. Marco hat den Zeitpunkt schlecht geplant. Zumal das Tageslicht eh etwas auf sich warten lässt an der sehr dunklen Stelle des Tales. Das Einrichten der Technik dauert etwas. An den Korb der Arbeitsbühne müssen noch Scheinwerfer montiert werden. Den Stromgenerator hat die Feuerwehr gleich mit gebracht.

Toni wirkt etwas unsicher auf der Plattform. Der Kollege von der Feuerwehr lacht ihn fast aus:

„Bist du nicht gewohnt. Keine Angst. Da passiert nichts."

Sie kommen an der Stelle an, von der sich die Steine gelöst haben sollen. Bisher war das eine Vermutung. Hier ist die einzige Schanze, auf der sich eine derartige Menge an Steinen sammeln konnte. Volltreffer. Die Steine haben tatsächlich hier gelegen.

Den Zweien wird umgehend klar, von allein können die sich unmöglich gelöst haben. Es bleibt zu klären, wie sich die Leute, welche die Steine lösten, bis hier her bewegen konnten. Toni sucht Hilfsmittel und Vorrichtungen, die das ermöglichen. Tatsächlich sind an kleinen Bäumchen, an Grasnarben und im Moos, Spuren zu sehen. Toni zieht auch davon Proben. Vielleicht ergibt sich eine Spur auf die verwendeten Hilfsmittel. An bestimmten Steinen sind Scheuerstellen sichtbar. Von diesen Stellen zieht Toni auch Proben. Etwas weiter oben findet Toni Reste von Textilien. Und kurz bevor sie zurück wollen, sieht Toni tatsächlich eine Tube mit Vaseline. Rüdiger, der Feuerwehrmann lacht.

„Die gleichen Funde haben wir bei Wohnungsbränden."

An zwei - drei kleinen Birken zieht Toni noch Fingerabdrücke.

„Das muss jetzt reichen", sagt er.

Die Feuerwehr samt Carabinieri ziehen ab. Ein paar Schaulustige sind stehen geblieben. Deren Fragen beantwortet Toni etwas wässrig.

„Wir untersuchen einen Unfall."

Das reicht für die Passanten.

Die Zwei haben etwa einhundert Proben im Gepäck neben diversen Funden. Ein paar Textilreste, die Vaseline und sogar den Teil eines Preisschildes.

„Damit lässt sich schon Etwas anfangen", sagt Toni.

„Habt ihr ein eigenes Labor", fragt Rüdiger. „Oder soll ich das ins Feuerwehrlabor mitnehmen."

„Wir haben ein eigenes Labor. Euer Labor ist doch das Unilabor."

„Teilweise."

„Gehen wir noch einen Kaffee trinken bei Luise?"

„Natürlich. Luise wird sicher auch wissen wollen, ob wir haben, was wir suchten. Ich habe auch schon wieder Hunger."

Nachdem sie bei Luise noch das zweite Frühstück genommen haben, gehen die Zwei. Toni bleibt heute nicht bei Luise. Er fährt zu Monika in die Hütte. Dort können sie zusammen die Erkenntnisse sortieren und einen Ermittlungsplan festlegen.

Außerdem braucht Toni jetzt etwas Motivation. Davon hat Monika genug.

Toni fährt mit dem Motorrad bis an seine Garage. Monika wartet schon.

„Wir können bis nach Oben fahren mit dem Moto."

Gesagt getan. Oben angekommen, wartet ein Elektroquad, angesteckt vor Tonis Hütte. Mit dem fahren sie zusammen in Monikas Hütte. Die hat geöffnet und ist gut besucht.

Im Büro von Moni liegen vor Toni die ganzen Unterlagen, die Marco schon gesendet hat. Und die haben es in sich. Sieben ausländische Mannschaften sind in Südtirol. Wenn Toni die alle besuchen will, braucht er ein Jahr. Er ruft gleich Marco an. Der muss in allen Hotels Razzien veranlassen. Man braucht Fingerabdrücke, Genproben und Aussagen. Heimlich geht das nicht mehr. Die Teams werden auch wissen, was passiert ist und sich dazu bereit erklären. Es handelt sich immerhin um einen Sportkameraden, der stark geachtet war bei Allen. Eigentlich bräuchte Marco nur die Dopingkontrolleure anrufen. Die haben ganz sicher alle Tests schon da. Die Fingerabdrücke jedoch, die müssen sie sich holen in den Unterkünften.

Die Ämter, welche Marco kontaktierte, haben keine Bauarbeiten an der Stelle ausgeführt. Etwas weiter Unten laufen Projekte an einer Staustufe. Prad möchte auf diese Art den eigenen Strom gewinnen. Das Prinzip des Raubes von Volkseigentum ist seit der politischen Wende in Europa, ein oft erprobtes. Lange werden sich die Einwohner dieses Ortes nicht an ihrem Eigentum erfreuen können.

Auch Befestigungsarbeiten sind dort angeblich nicht vorgesehen. Damit wissen die Ermittler jetzt, dort hat kein Arbeiter etwas getan. Jetzt bleiben noch die Bauern. Marco kann sich aber schlecht erklären, warum ein Bauer ausgerechnet dort nach Holz suchen sollte. An anderen Stellen liegt das vor seinen Füßen.

Energie- und andere Leitungen liegen dort nicht. Masten sind keine in der Nähe. Aufzüge und Lifte sind dort noch nicht vorgesehen. Gerade beim Bau von Seilanlagen sind in der Folgezeit, Steinschläge und Muren zu befürchten. Der Eingriff in das feste Gefüge des Gebirges führt zu Lockerungen und Verwerfungen.

Marco dachte zuerst, dort wäre vielleicht eine Trasse für Glasfaserkabel angelegt oder geplant gewesen. Der Gedanke war abwegig. Wer soll dort Wartungsarbeiten durchführen?

Bei der Nachfrage wurde Marco heftig ausgelacht. In Anbetracht der vergangenen Projekte, die bisweilen im Land ausgeführt wurden, war der Gedanke gar nicht abwegig. Immerhin gab es nach Neubauten und Erschließungen in vielen Regionen schwere Muren und Steinschläge.

Marco ruft Toni an. Sie sind schon im ersten Hotel. Im Trickhof von Schlanders. Das Hotel Germ werden sie gleich danach besuchen. Toni traut der Ruhe nicht. Er geht davon aus, die Fahrer aus der Mücke in Prad haben schon ihre Kollegen in den anderen Unterkünften angerufen. Der Vorsicht halber ruft Toni in Schluderns an. Die Carabinieri sind auch schon im ersten Betrieb, dem Burghof. Die Kollegen sagen Toni auch, welchen Betrieb sie als Nächstes nehmen. Den Krummel. Toni entschließt sich kurzer Hand, von

Hinten über das Gewerbegebiet, in das Hotel Davons zu fahren. Monika fährt Toni mit dem Quad zum Aschbach. Jetzt muss es schnell gehen. Monika will mit fahren und helfen.

Schon in dreißig Minuten sind die Zwei von Rabland nach Spodinig gefahren.

‚Rekord', denkt sich Toni. So schnell war er um diese Zeit noch nie. Es sind immerhin schon einige Arbeiter unterwegs. Vor allem um die Gewerbegebiete Latsch und Vezzan; auch direkt in Schlanders. Dort hat Toni sogar mit dem Motorrad Schwierigkeiten, flüssig durch zu kommen. Manchmal träumt Toni von einem Warnsignal an seinem Motorrad. Das würde vielleicht helfen.

Toni nimmt sich vor, nicht durch das Gewerbegebiet in Prad zu fahren, sondern direkt über Schluderns. Er glaubt, damit schneller zu sein. In knapp fünfzig Minuten sind sie da. Zwei Kollegen von den Carabinieri warten schon auf ihn. Sie haben keine Utensilien für die Proben mit. Toni nur die Utensilien für die Fingerabdrücke.

„Das reicht mir", sagt er den Zweien.

Die Tür ist noch verschlossen. Toni klingelt.

„Wir haben auch schon geläutet", sagt ihm ein Kollege. Die etwas verschlafene Wirtin kommt an die Tür und bedankt sich für das Wecken. Sie hätte sonst verschlafen.

"Das erste Mal in zwanzig Jahren", sagt sie.

„Martha", stellt sie sich vor.

„Toni", antwortet er ihr.

„Guten Morgen", sagen Beide fast zeitgleich.

„Ich suche die Radfahrer der Mannschaft – Fickel."

„Die sind schon um Drei Uhr abgereist. Deshalb habe ich verschlafen. Gebucht war eigentlich zwei Tage länger. Bezahlt haben sie die gesamte Zeit."

„Darf ich mir mal deren Zimmer ansehen?"

„Gerne. Wir sind aber noch nicht zur Reinigung gekommen."

„Gerade das, finde ich gut."

„Wollt ihr einen Kaffee trinken?"

„Gerne. Reichlich bitte", antwortet Monika.

„Ach. Ich habe noch genug da. Die Radfahrer haben ihr Frühstück fast stehen gelassen."

Monika schaut Toni in die Augen und lacht.

„Volltreffer!"

Bei eiligen Abreisen wird allgemein viel vergessen. Auf alle Fälle kann Toni die Fingerabdrücke ziehen. Vielleicht sind auch ein paar Genproben dabei. Die holen sich dann die Kollegen. Toni spekuliert auf den Sanitärbereich.

Bei der Durchsuchung merken sie, im Bad haben die Jungs ziemlich eilig poliert. Die Spurenfahnder werden viel Arbeit haben. Fingerabdrücke hat Toni hingegen reichlich. Die paar Möbel im Zimmer haben die

Sportler nicht komplett geschafft. Wahrscheinlich ist die Warnung sehr spät eingegangen. Marco könnte jetzt mal die Telefongesellschaft fragen, wann Telefonate statt gefunden haben. Plötzlich lacht Monika ziemlich laut. Sie hat etwas in der Hand und hält es hoch. Toni muss auch sofort lachen.

„Eine Gummischnalle", ruft Monika. Sie kennt das. In ihren Zimmern auf der Hütte finden sie auch gelegentlich so ein Teil.

„Die Abreise war wirklich sehr eilig. Die haben sogar ihre Braut vergessen", scherzt Toni.

„Ich dachte, Radfahrer sind impotent."

„Das sind sicher windige Meldungen", sagt Toni.

„Ich denke eher, Motorradfahrer sind da am meisten gefährdet."

„Bei Auffahrunfällen, ganz sicher", lacht Monika.

Sie kann sich gut erinnern, wie der Tank nach dem Unfall von Toni aussah.

„Lach du nicht zu früh. Schambeine brechen auch bei einem Auffahrunfall."

„Ja schon. Du hast Recht. Aber das Futter bleibt frisch."

Die Anspielung hat Toni sofort begriffen. Das wird wieder eine wilde Nacht.

„Hast du etwa den Heizboiler schon angesteckt?"

„Du bist heute bei mir auf der Hütte."

„Was gibt es denn zu Essen?"

„Ultner Kalb.“

„Als Braten?“

„Nein. Als Fleischkrapflen.“

„Ah, die Reste.“

„Den Braten haben wir schon verkauft.“

„Lass uns aufbrechen.“

Die Zwei haben ihre Spuren gesichert und werden zu Hause den Rest auswerten. Marco wird sich freuen. Eigentlich wollten sie bei ihm vorbei schauen. Er hat aber per Telefon abgesagt. Zu viel Trubel. Toni kann sich das gut vorstellen mit den vielen Ausländern. Die Carabinieri haben zwei Rennfahrer mitgenommen. Deren Werte waren viel zu hoch. Die Teamchefs haben gleich mit den Medien gedroht. Eine Mannschaft hat sich beim Eintreffen der Carabinieri verdrückt. Fluchtartig. Marco sagt, es wäre das Draft – Team. Die wollten sie noch aufhalten. Das hat aber nicht funktioniert. Der Fluchtwagen stand schon bereit. Daraufhin haben die Carabinieri die Grenzposten informiert. Dort ist Keiner von denen durch gekommen.

„Die sind geflogen“, sagt Toni.

„Tja. Das nenne ich eine gut organisierte Flucht“, antwortet Marco.

„In den Zimmern werden wir genug Material finden.“

„Mach bitte keine Pressemitteilungen. Wir müssen ermitteln.“

„Versprochen."

Die Zwei fahren mit dem Moto durch den Vinschgau. Die Zeit ist günstig. Der Feierabendstau ist vorbei. In Richtung Schlanders ist der Verkehr noch etwas rege. Aber danach ist es schon ziemlich ruhig.

Seilbahn fährt keine mehr. Die Zwei müssen mit dem Moto bis zum Aschbach. Am späten Feierabend gibt es einfach keine Verbindung. Wehe, der Dienst geht zu lange. Dann steht man im Regen. Toni schimpft vor sich hin.

„Wir stehen morgen etwas später auf", sagt Monika zu ihm tröstend.

Mit dem Quad fahren die Zwei in Monis Hütte. Papa Lukas ist noch da. Er richtet den Zweien die Kalbspflanzerln. Toni möchte drei. Monika auch. Lukas lauscht den Zweien. Langsam zieht es ihm die Augen zu, trotzdem das, was die Zwei erzählen, spannend ist. Er kann das einfach nicht fassen. Er bewunderte Marco P. ganz besonders.

Monika geht zuerst aufs Zimmer. Sie steht unter der Dusche als Toni ihr folgt. Drei aufreizende Gesten von ihr und Tonis Müdigkeit scheint überwunden. Toni schüttelt mit dem Kopf bei dem Anblick. Ein Engel steht unter der Dusche. Allein. Nichts hält ihn.

Lukas weckt die Zwei am späten Morgen. Er hält das Telefon in der Hand. Marco ist dran.

„Nach unseren Erkenntnissen waren es ein oder mehrere Fahrer aus einem gegnerischen Team."

„Wie? Was?"

Toni ist noch nicht bei der Sache.

„Wir haben an den Steinproben, Spuren von Radfahrerhandschuhen gefunden."

„Die Handschuhe benutzt doch jeder Amateur heutzutage."

„Aber nicht die. Eigentlich waren die Handschuhe nur die Überträger."

„Ich kann deiner Spur nicht folgen."

„Wir haben Spuren von einer Sitzcreme gefunden, die noch nicht auf dem Markt ist und von Profis als Test benutzt wird."

„Da muss erst Mal Einer drauf kommen."

„Für uns war das auch neu. Ein italienischer Kollege, Radfahrer, hat uns drauf gebracht."

„Jetzt müssen wir nur das Team finden, das die Creme benutzt."

„So einfach ist das nicht. Der Hersteller hat mehrere Teams beliefert."

„Wir fangen also wieder von Vorne an?"

„So auch nicht. Jetzt geht es darum, heraus zu bekommen, wer an diesem Tag oder zuvor, in dieser Gegend gefahren ist."

„Naja. Das ist wenigstens auch genug Arbeit."

„Wir sehen uns frühestens heute Abend. Ich warte immer noch auf Proben und Laborergebnisse."
Monika hat Alles mit gehört.
„Wir können noch Mal."
„Unersättlich das Weib."
Toni fügt sich in Erwartung eines richtigen Wiener Schnitzels.
‚Etwas Lohn muss sein', denkt er sich.
Papa Lukas hat schon Kaffee und Kuchen mit gebracht.
„Den hat Frieda gebacken."
„Der schmeckt nach Frieda", sagt Monika.
Lukas schaut Monika in die Augen und verschwindet ohne ein Wort zu sagen.
‚Was hat sie ihm für ein Zeichen gegeben?', fragt sich Toni.
Gegen Mittag wecken Beide auf. Sie gehen nach Unten in die Küche. In der Küche steht, wie in vielen Südtiroler Küchen, der Personaltisch. Alle sitzen beisammen und essen Krapfelen vom Kalb. Luici der Koch, hat eine Zwiebelsauce und Stampfkartoffeln dazu gekocht. Es riecht köstlich. Als sie Toni und Monika bemerken, kichern sie etwas.
„Geht es dir gut, Toni?", fragt Lukas. Alle kichern noch einmal. Monika wird etwas rot.
„Ich hab Hunger", antwortet Toni. Jetzt lacht Monika.
„Ich auch."

„Und du, Luici? Hast du auch Hunger?"
Jetzt wird Magdalena, die Tutto fare, rot.
‚Volltreffer', denkt sich Toni. Monika lacht etwas lauter.
Sie kennt Luici schon lange und weiß von dem
Verhältnis. Luici ist verheiratet. In Mailand.
Die Hüttenwirte erwarten heute einen großen
Ansturm. Vor der Hütte sind schon sehr viele
Wanderer mit Kindern. Sie reiten gerade auf dem
Hausesel. Dem Esel scheint das zu gefallen. Toni hört
ihn in der Küche. Die Grauen sind etwas weiter Unten
auf der Weide. Kommende Woche will sie Lukas
umsetzen. Toni soll ihm dabei helfen. Monika auch.
Die Zwei sind dankbar, bei all dem Schlechten, auch
Gutes erleben zu dürfen. Ein schöner Zeitvertreib.
Die ersten Kräuter zeigen sich schon. Auch der
Bärlauch im Familienversteck.
Auf dem Zimmer besprechen die Zwei das weitere
Vorgehen. Monika will mitfahren und helfen. Toni sagt
nicht Nein. Zuerst wollen sie zu Luise nach Prad
fahren. Es geht immer noch um die Mannschaften,
Zeugenaussagen, andere Hotels und um Spuren.
Monika traut den Ermittlungen - so, nicht.

Die ersten Motive

Nach dem Mittag brechen die Zwei auf. Luise in Prad
erwartet sie schon. Vielleicht bleiben Monika und Toni
über Nacht. Das Zimmer steht bereit.
Die Fahrt vom Aschbach in die Töll ist heute etwas
abenteuerlich. In der Nacht hat es ziemlich streng
geregnet. Am Morgen ist kaum noch etwas zu sehen
am Himmel.
Frieda hat den Zweien, Kalbskrapfelen und Ultner
Brot eingepackt. Toni schüttelt mit dem Kopf.
„Frieda hat tatsächliche Angst, wir würden unterwegs
verhungern."
„Ohne Speis und Trank im Gepäck, verlassen wir nie
das Haus", antwortet Monika.
Toni muss lachen. Eigentlich sollte er ihr Recht geben.
Er verzichtet.
Zuerst fahren sie ins Hotel Suldenklotz in Prad. So viel
sie erfahren haben, sind dort zwei Mannschaften.
Team – Kette und Team – Griff. Das sind
wahrscheinlich deutsche Firmen. Die Fahrer dürften
gemischt sein wie bei den anderen Teams. Das
spekulieren die Beiden. Marco war schon mal dort.
Die Teams hat er dort aber nicht komplett
angetroffen. Damit fehlen den Ermittlern ein paar
Aussagen.

In Prad angekommen, bemerken die Zwei einen gewaltigen Trubel vor dem Hotel Mücke. Das macht sie neugierig. Vorm Hotel steht auch der Gemeindepolizist, Seppi. Bei dem halten die Zwei an und fragen, was da los ist.

„Das Team Schoko hat eine Pressekonferenz gegeben und hundert Kilo Schokolade verschenkt."

„Wie scheint, ist das deren Gewohnheit."

„Die machen das überall."

„Verschenken die richtige Schokolade oder Pilotenschokolade?"

„Ich weiß nicht. Hier sind zwei solche Minitafeln für euch. Was ist Pilotenschokolade?"

Seppi hat auch zu gegriffen. Toni würde eine probieren und die andere ins Labor schicken. Heimlich. Es gibt keine Anzeige.

„Pilotenschokolade ist mit Koffein."

„Hab ich nicht gewusst."

„Es gibt auch Schokolade mit Abführmitteln."

„Die ist aber sicher nicht für Piloten", antwortet Seppi lachend.

„Gab es Medienanfragen wegen dem Tod von Marco?"

„Unser Südtiroler Regionalfernsehen hat das aufgezeichnet."

„Wir werden dort mal eine Kopie anfordern. Mich interessiert die Reaktion des Teams."

„Viel Glück bei der Klärung des Falles. Wir können das nicht gebrauchen hier in Prad. Obwohl das zu mehr Popularität bei getragen hat."

„Die Hoteliers wird es freuen."

„Die sind so und so belegt mit den Radfahrern und Fans."

‚Deswegen sind hier so viele Caravan – Fahrzeuge', denkt sich Toni. Er fragt sich langsam, woher das die Leute gewusst haben. Wie scheint, haben ausländische und Italienische Nachrichtenagenturen fleißig Meldungen verkauft. Komisch. Ein Toter bringt diesen Leuten auch noch Gewinn. Dabei scheint es Unterschiede zu geben. Ein toter Afghane oder Libyer bringt offensichtlich, weniger.

Nach dem Gespräch mit Seppi, dem Ortspolizist, fahren sie Zwei weiter zu Luise. Vor dem Hotel arbeitet Reinhold, der Wirt. Toni ruft Guten Tag. Reinhold reagiert nicht.

„Reinhold hat immer in der Disco gearbeitet. Sein Gehör hat darunter gelitten", sagt Monika zu Toni.

Luise bemerkt die Zwei und kommt sofort gelaufen.

„Frederico ist schon wieder da. Er kann euch etwas sagen."

Eigentlich hatte Toni auch vor, Frederico zu befragen. Monika ist auch ganz gespannt. Frederico hört die Zwei kommen und geht sofort zu ihnen. Die Zwei kommen nicht schlecht ins Staunen, weil Frederico sie deutsch anspricht. Er kann zwar nicht viel Deutsch, aber genug für die höfliche und oberflächliche Unterhaltung.

„Ich wollte mit Ihnen mal sprechen", sagt er zu Monika. Monika gefällt ihm wahrscheinlich etwas mehr als Toni. Sie findet Frederico auch schön und etwas anziehend. Toni bemerkt das Liebesgeplänkel und lacht.

Frederico erzählt von den gemeinsamen Touren und auch von den Gesprächen, die sie während der Touren so führen. Monika und Toni erfahren sehr viel über Blutdoping und Streitereien der Fahrer untereinander. Fast würden sich daraus bestimmte Motive ergeben. Zumindest Motive, dem Anderen, Schaden zufügen zu wollen. Keine körperlichen Schäden, sondern eher Schäden am Leumund. Die einzelnen Gegner sind demnach bemüht, den jeweils Anderen, gelegentlich und versteckt, auf diese Art zu schaden. Sabotagen an Rädern und wichtigen Zubehör gibt es auch. Das ist aber nicht die Aufgabe der Fahrer. Die würden das in den seltensten Fällen tun. Das ist die Aufgabe von bestochenen Technikern des Gegners. Gleiches gilt natürlich auch für Substanzen und Präparate, die dem Gegner untergeschoben werden sollen. Die Aufgabe übernehmen sowohl Journalisten, Gastronomen, Zimmermädchen als auch Kollegen des Fahrers. Und darüber haben sich Marco P. und Frederico auf ihren langen, einsamen Runden unterhalten. Marcos Personaltrainer Colo und seinem Freund Frederico ist das aufgefallen. Colo hat bisweilen Präparate, Getränke, Speisen und Substanzen untersuchen lassen. Angefangen bei Zahnpasta bis zu Wasser und Speisen. Darunter fällt auch Schokolade. Marco hat keine Sachen zu sich genommen, die nicht untersucht waren.

Der Hinweis zwingt Monika, sich zu setzen. Sie ist schockiert, wie weit solche Auseinandersetzungen gehen können. Daran hätten die zwei Ermittler nie gedacht oder wenn, nur ansatzweise. Auf die Frage, ob das Colo und Frederico auch bezeugen würden, haben Beide geantwortet. Erst dann, wenn sie nicht mehr in Abhängigkeiten arbeiten müssten. Selbst als Pensionäre wären sie dabei sehr vorsichtig.

Toni wird sofort klar, sie müssen die Beweise finden nach einem Tipp. Der Tipp ist jetzt ausgesprochen. Leider können sie dann keine Beziehung zu den eigentlichen Tätern herstellen. Sie stacheln sozusagen im Moos. Vielleicht gäbe es noch die Möglichkeit, mit Markern zu arbeiten. Bei der üblichen Dopingkontrolle, könnte man dann die Spuren der Marker finden. Damit wäre eine Überführung oder die Vorbereitung einer Überführung möglich. Colo gefällt der Gedanke. Frederico fährt nicht mehr bei

Wettkämpfen. Er hat sich das abgewöhnt. Von den Verhältnissen zwischen Colo, Frederico und Marco P. wissen nur die Drei. Sonst Niemand.

Frederico hat Marco nur beim Training geholfen. Sozusagen, als Schrittmacher. Keiner kannte Marco so gut wie er. Genau aus dem Grund, wollen Toni und Monika, Frederico so genau kennen lernen und mit ihm sprechen. Frederico reist nicht ab. Er möchte die Klärung des Falles miterleben. Das hat er versprochen. Toni geht es auch um die fachlichen Ratschläge. Bei dem Gespräch um Doping erfährt Toni viel Neues. Jedes Team benutzt die Präparate seines Vertragspartners. Ist das einem gegnerischen Team nicht recht, wird einfach bei der Doping Kommission ein Protest eingelegt. Und das regelmäßig und oft. Bei zu vielen Protesten wird eben ein Hilfsmittel, das zweifelsfrei notwendig ist in diesem Sport, als verboten erklärt. Der Hersteller mit dem meisten Einfluss scheint zu gewinnen. Sportveranstaltungen sind eigentlich die Testläufe für neue Erfindungen. Ob das jetzt technisch sind oder medizinisch, ist egal. Bestimmte Substanzen, die nachweislich Schaden anrichten, sind verboten. Was ist dazu besser geeignet als ein Wettkampf unter Testpersonen? Profisportler sind die Testpersonen für normale Verbraucher.

Monika hat das in der Dimension nie betrachtet. Trotzdem ist Beiden als Motorradfahrer klar, Einer oder Mehrere müssen das testen, was sie als Motorrad kaufen.

Die Feindseligkeiten unter den Fahrern werden oft über genau diese Produkte und deren Anwendung ausgetragen. Die Preisgelder sind einfach zu verlockend. Eigentlich ist das bei jedem Rennsport der Fall. Ob das jetzt Ski sind, Motorräder oder Autos. Den Rennfahrer interessiert dabei der jeweilige Titel. Herr Ammann bei den Skispringern, ist ein solcher Athlet, der stets Proteste auf sich zog wegen seiner Erfindungen.

Toni erfährt von Frederico und Colo, Informationen mit dem gleichen Hintergrund. Marco hatte neuartige Pedalen und Schuhe entwickelt und wollte die ausprobieren. Auch Modifikationen an der Gangschaltung hat Marco P entwickelt. Paolo ist sein Techniker. Der ist gerade angereist. Der kennt sich damit aus.

Toni sagt zu Colo, er soll mal bitte Paolo rufen.

Paolo kommt gerade in den Garten und nimmt bei Toni und den Anderen, Platz.

„Wir möchten gern etwas über die Entwicklungen von Marco erfahren."

„Sehr Viel gibt es dazu nicht zu sagen. Wir sind gerade bei der Erprobung."

„Sind das schon Patente oder noch nicht."

„Eigentlich noch nicht. Sämtliche Entwicklungen von Marco sollten zuerst einmal getestet werden."

„Hast du Marco bei der Entwicklung geholfen?"

„Nur bei der technischen Umsetzung. Von den Entwicklungen selbst, habe ich bis auf die Gangschaltung, kaum Kenntnisse."

„Wer hat Marco dann bei den Pedalen und Schuhen geholfen?"

„Die Pedalen hat Marco eine Werkstatt in seinem Wohnort gebaut. Die Schuhe hat Marco bei einem heimischen Schuhmacher anfertigen lassen."

„Habt ihr Ersatz mit, wenn die Neuentwicklungen nicht funktionieren?"

„Ja, aber natürlich."

Toni ruft Marco, seinen Kollegen an.

„Habt ihr das Fahrrad sicher gestellt?"

„Natürlich. Ist etwas damit?"

„Das ist nach Aussagen von seinem Techniker, ein Prototyp. Habt ihr auch noch die Anziehsachen von Marco?"

„Im Labor."

„Da sind auch Prototypen dabei. Stellt das mal bitte sicher."

„Wir wollten das nach der Untersuchung der Familie schicken. Das geht dann nicht mehr."

„Ich muss Luise fragen, ob die Familie schon da ist."

„Gut. Sag mir bitte Bescheid, wenn die kommen. Die Familie muss zu mir ins Büro kommen."
Vorerst haben Toni und Monika mehr erfahren, als sie vermuten konnten. Trotzdem sind beide im Suldenklotz angemeldet. Dort treffen sie die Teams Kette und Griff. Das wird ein Stück Heidenarbeit. Zwei Teams mit etwa zehn Fahrern pro Mannschaft. Marco hat keine zusätzlichen Kräfte abgestellt. Es gibt keine zusätzlichen Kräfte. Toni dachte, vielleicht kann uns die Carabinieri Mannschaft aus Prad etwas helfen. Er telefoniert mit dem Maresciallo - Carlo. Kaum ist Carlo am Telefon, erfährt Toni, Marco, sein Chef, ist befördert worden. Er ist jetzt Maggiore. Toni dreht fast durch als er das hört.
„Der hat uns nicht gesagt, dass er befördert wurde."
„Wer?", fragt Moni.
„Marco!"
Er wird Marco nur noch mit Maggiore anreden. Das wird ihn etwas ärgern. Etwas Rache muss sein. Vielleicht wollte er auch die Feier etwas verschieben wegen dem Fall.
Gerade in dem Augenblick ruft Marco an.
„Ich habe heute Abend auf dem Aschbach ein Abendessen für uns Alle bestellt. Wir treffen uns dann unten an der Seilbahn."
Die Zwei kommen gerade im Suldenklotz an. Sie werden von einem Familienmitglied begrüßt. Julia, die

Chefin. Monika kennt Julia noch aus der Fachschule. Sie sind gute Freundinnen. Toni hofft auf ein leichtes Spiel bei den Ermittlungen. Bei der Hilfe. Er rollt mit den Augen. Julia ist eine schöne Frau. Monika lächelt verschmitzt über Tonis Blick.

Auf die Frage, wo denn die Radmannschaften seien, antwortet Julia ohne nachzudenken. Die sind in der Garage. Alle. Der Suldenklotz hat eine Riesengarage. Die ist in den Berg gearbeitet. Im Winter nutzt der Suldner Straßendienst bei Bedarf diese Garage mit. Beim Betreten der Garage, die sogar ziemlich warm wirkt, treffen unsere zwei Detektive die Fahrer samt Techniker der zwei Mannschaften. Die Fahrer sitzen auf ihren Rädern, die in Ständer gehangen sind. Sie fahren sich warm oder trainieren. Eigentlich müssten sie schon fertig sein mit ihrer Giro. Die Techniker, nicht wenige, hantieren an den Rädern, während die Jungs treten. Sie scheinen an den Einstellungen zu arbeiten, die für jeden Fahrer, extra, eingerichtet werden müssen. Die Fahrer hören nicht auf mit Strampeln, als die Zwei herein kommen. Sie werden von zwei Trainern angesprochen. Zum Glück reden die Zwei Deutsch. Italienisch wäre auch gegangen. Bei den anderen Sprachen sähe es schon etwas komplizierter aus.

Monika kann etwas Englisch; Toni etwas Französisch.
Für Befragungen wären die spärlichen Kenntnisse
aber ungeeignet.

„Haben sie etwas vom Tod Marcos gehört?"

„Marco war bei uns einmal Teammitglied. Ein
hervorragender Bergfahrer."

Der zweite Trainer, der vom Team – Griff, kannte
Marco nur von seinem Auftreten bei Wettkämpfen
her. Trainiert hat er mit ihm noch nie.

„Wie sieht das mit den Fahrern aus?"

„Einzelne ältere Fahrer, kennen Marco noch. Die
jungen -, nicht."

„Ah; die sind erst neu als Profi dabei."

„Ja. Die haben als Amateure angefangen und haben
dann gewechselt."

„Was verdient so ein Fahrer?"

„Das ist unterschiedlich. Ohne Titel wird er etwa so
viel verdienen wie ein Schlosser der Industrie."

„Also, ist er damit ein normaler Arbeiter."

„So in etwa."

„Verstehen die Fahrer alle Deutsch? Kann ich sie
etwas fragen?"

„Zwei ältere Fahrer verstehen Deutsch. Der größte Teil
kann etwas Englisch."

„Wie verständigen sie sich mit den Fahrern?"

„Wir haben Dolmetscher für die wichtigen Fahrer. Oft
übernimmt das auch deren Manager."

„Sind deren Manager vielleicht zugegen?"

„Aber sicher. Dort steht Perone."

Monika wartet nicht lange. Sie geht gleich zu Perone. Er ist Spanier, glaubt sie. Etwas Italienisch wird der schon verstehen. Kaum ist sie bei ihm, stellt sich heraus, er ist Kolumbianer. Er versteht Monika sehr gut. Perone spricht auch Deutsch. Monika ist überrascht davon. Perone spürt das und fängt gleich an zu flirten.

„Sie sind eine schöne Frau. Wollen sie nicht in meinem Team arbeiten?"

„Sie suchen wohl einen Koch?"

„Unser Catering könnte schon eine Verstärkung gebrauchen."

„Was bieten sie mir denn als Gehalt?"

Monika geht wirklich jedes Mal bis an die Grenze. Toni staunt immer wieder, mit welchen Methoden, Monika ihre Gesprächspartner aushört. Monika setzt wirklich auch ihr Aussehen und ihre weibliche Figur ein. Offensichtlich trifft sie mit ihrer Südtiroler Figur genau den Geschmack des Kolumbianers. Der rollt sichtbar mit den Augen.

„Das kommt etwas darauf an, was du kannst."

Perone sagt das in einem Ton, der sehr viel vermuten lässt.

‚Der balzt', denkt sich Toni.

„Was wäre denn das Mindestgehalt?", schiebt Monika nach.

„Naja. Als Managerin des Caterings, würden sie bei mir sicher achtzig Tausend im Jahr bekommen. Spesen extra."

Monika überlegt.

‚Das ist ja drei Mal mehr als ich jetzt verdiene. Und dann noch die hübschen, sportlichen Jungs... .'

Mit den Fahrern der Mannschaften kommen die Zwei zwar in Kontakt. Die verweigern aber jede Aussage.

„Wer nicht will, der hat schon", sagt Toni zu Monika.

Einer der Trainer will Etwas sagen, wird aber vom Team Manager zurück gepfiffen.

Toni sagt zu Moni,

„Hier müssen wir unsere Carabinieri einschreiten lassen."

Gesagt – Getan. Toni ruft gleich den Mariciallo Carlo an.

„Mariciallo, ihr müsst morgen hier einmarschieren."

„Das besprechen wir heute Abend auf dem Aschberg."

„Du hast wohl schon Alles vorbereitet?"

„Bis heute Abend."

Toni kann jetzt nur noch spekulieren. Er schätzt, der Einsatz findet in seiner Abwesenheit statt. Die Zwei sind jetzt fertig hier. Monika möchte noch einmal bei Luise und Reinhold vorbei schauen. Die Zwei verabschieden sich von Julia. Julia richtet schöne Grüße an Luise aus.

Bei Luise treffen sie bereits die Eltern von Marco P. Die restlichen Familienangehörigen kommen noch. Toni sagt den Eltern, sie sollten sich morgen bei Marco im Bozner Büro einfinden. Marco wird sie sicher abholen lassen. Die Eltern hören das mit Wohlwollen und bedanken sich herzlich bei Toni. Toni bemerkt keine Tränen. Auch die Trauer hält sich in Grenzen. Entweder sind die Eltern sehr gefasst oder sie haben damit gerechnet. Wahrscheinlich haben in der Familie schon entsprechende Gespräche statt gefunden. Toni will jetzt nicht spekulieren. Die Anhaltspunkte sind noch zu schwach.

„Morgen gehen wir ins Hotel Pradwurst. Dort ist das Team Sattel. Mal sehen, was die uns so berichten können."

Monika findet das gut. Dann wäre ihre Befragungsrunde schon mal komplett für heute. Die Zwei fahren jetzt auf den Aschbach. Die Kollegen warten dort schon. Das Motorrad lassen sie Unten stehen. Sie fahren mit der Seilbahn nach Oben. Marco hat die Seilbahn bestellt und bezahlt. Für die Nacht hat er ein Taxi bestellt. Richard' s Shuttle aus Rabland holt sie Oben ab.

Kaum sind sie da, werden sie mit Musik empfangen. Marco hat tatsächlich einen Teil der Algunder

Musikkapelle hier her eingeladen. Zünftiger geht es schon gar nicht mehr.

Marcos Namensvetter und Vorgesetzter, der Brigadegeneral, ist zugegen. Er freut sich über die Ankunft der letzten geladenen Gäste. Toni ist nicht mehr überrascht. Der Brigadegeneral nimmt die symbolische Beförderung seines Namensvetters vor. Für die Gäste. Marco wurde schon auf der Kommandantur befördert. Es gibt Spanferkel. Nicht nur eins. Zwei. Toni tropft der Zahn.

Marco ist etwas aufgeregt. Er steht in seiner neuen Uniform vor Toni und Monika. Seine Brust scheint zu schwellen. Immerhin ist das eine der schönsten Uniformen Europas.

Im Laufe des Abends erwähnt Marco gegenüber Toni, die Prader Kollegen sind gerade im Hotel Suldenklotz. „Wir werden morgen einige Ergebnisse hören."

Toni ist hoch zufrieden. Das ist wahrscheinlich die einzige Methode, dort Antworten zu bekommen. Toni schätzt, die Kollegen werden einige Sachen mitnehmen, um die Teammanager zu zwingen, ins Bozner Büro zu kommen. Deren Aussagen sind dann Protokolle. Wenn zufällig ein paar Spritzen oder medizinische Gerätschaften gefunden werden, wird es schon reichlich Protest hageln. Dagegen sind nur die Carabinieri gefeit. Toni und Monika waren das Angebot, die Ermittlung recht friedlich zu führen.

Offensichtlich wollen die Mannschaften eine anständige, kostenlose Werbung in den Medien. Toni würde sich nicht wundern, wenn alle Fahrer und Teammitglieder in leuchtenden Trikots mit reichlich Plakaten und Fahnen zu sehen sind. Natürlich müssen dann auch die Produkte der Partner gut präsentiert werden.

Der schöne Abend ist schnell vorüber. Die Zwei möchten nicht erst in die Boxerhütte fahren. Sie bleiben in Tonis Hütte. Die ist etwas kalt. Toni stellt zuerst das Warmwasser zum Duschen an. Danach schaltet er den Heizlüfter ein. Er ist damit knapp unter drei Kilowatt im Gesamtverbrauch. Essen kochen müssen sie keins mehr nach dem Spanferkel. In knapp zwanzig Minuten ist das Wasser zum Duschen im akzeptablen Bereich. Monika geht als Erste. Toni schaut sich das Kino an. Wunderschön. Monika reizt ihn zusätzlich mit ein paar ungeschickten Bewegungen. Seine Bettdecke hebt sich im Hüftbereich. Monika kommt zum Abtrocknen vor den Heizlüfter. Toni ist nicht mehr zu halten. Er muss dringend unter die Dusche. Die Bettdecke verfängt sich in seinem Schritt. Monika muss laut lachen. „Höchste Zeit, wie scheint."

Am Morgen ist die Hütte schön warm. Und jetzt haben sie fast umsonst geheizt. Die kommende Nacht werden sie wahrscheinlich nicht hier verbringen.

Zum Frühstück gibt es kalten Braten vom Spanferkel. Den hat sich Toni vorsorglich einpacken lassen. Marco hat das genehmigt. Der Koch hat den Zweien vier Brötchen mit gegeben. Nur den Kaffee muss Toni kochen. Zum Glück hat er sich eine gute Italienische Kaffeemaschine zugelegt. Eine Filtermaschine. Die stellt er vor dem Waschen ein und danach ist er mit Toni zusammen, fertig. Monika liegt noch etwas träumend im Bett. Der Kaffeegeruch treibt sie in die Duschecke. Monika duscht. Die gleiche Prozedur wie am Abend.

„Du willst wohl, dass wir zu spät kommen?", fragt Toni.

„Die paar Sekunden fallen doch nicht auf."

„Ich bin doch nicht Al Bundy."

„Gestern Abend warst du es."

Wie scheint, ist Monika etwas zu kurz gekommen. Sie protestiert hörbar. Toni bleibt nichts Anderes übrig als nach zugeben. Das Frühstück scheint sich zu ziehen. Monika geht noch einmal duschen. Toni nicht. Er wäscht sich.

„Du Ferkel!"

„Eine Katzenwäsche muss reichen. So ist immer ein Teil von dir, bei mir."

Das hört Monika zu gern.

Die Zwei gehen los. An der Seilbahn stehen schon ein paar Wanderer.

Zuerst möchten sie ins Hotel Pradwurst fahren. Das Team Sattel ist dort. Es gibt ein paar Fragen dort. Der Trainer und der Manager waren bei der ersten Kontrolle nicht im Haus.

Kaum sind die angekommen, sehen sie vor dem Hotel einen roten Ferrari stehen. Sie fragen an der Rezeption, wer das ist. Der Besitzer steht selbst am Empfang. Er stellt sich mit Carlo vor. Die Zwei hören einen leichten Akzent. Carlo sagt, er ruft den Manager.

„Der Manager ist hier. Der Ferrari ist seiner."

„Was managt der bei dem Auto?"

„Ihm gehört noch ein Autohaus für diese Art Luxusautos", antwortet Andrea, die gerade dazu kommt. Andrea stellt sich als Chefin vor. Sie klingt einheimisch.

„Er hat auch ein Motorrad bei uns stehen. Das bringt immer ein Lieferwagen von ihm."

„Jetzt fehlt nur noch, Fahrräder sind auch dabei."

„Richtig geraten. Drei Stück."

„Das ist wohl eine Art Messe für den Mann."

„Er zeigt gern, was er hat."

„Die fleißigen Leute kennen wir gut."

Andrea lacht.

„Wir auch. Zu gut."

„Wie sieht es aus mit Damenbesuch?"

„Da würde ich an deiner Stelle mal mit unserem Zimmermädchen reden. Die fährt gern mal aus mit ihm."

„Ist die im Haus?"

„Nein."

„Dann vielleicht morgen?"

„Ich muss ihr das sagen."

„Dann lass das bitte erst mal so. Sie würde ihm das sagen. Das will ich nicht."

„Alles klar."

„Wir sehen uns sicher wieder", sagt Toni und verabschiedet sich. Carlo grüßt freundlich hinterher und schaut Monika etwas auf den Hintern. Monika scheint das zu spüren. Sie dreht sich um und winkt zum Abschied. Toni dreht sich auch um. Er hat das in der Glastür gesehen. Monika hat also nichts gespürt. Sie hat es auch in der Glastür bemerkt.

„Aus dem bekomme ich Alles raus", sagt sie zu Toni. Beide lachen.

„Jetzt bleiben noch die Hotels weiter Oben."

„Wir müssen die fragen, ob sie Mannschaften im Haus haben. Das macht Marco."

„Ich schätze, wir lernen das Gebiet genauer kennen, als wir vorher dachten."

„Wenn dann noch Sulden dazu kommt. Die schlechte Straße dahin. Oje."

„So schlecht ist die nun auch nicht."

„Die Hotels dort sind aber viel teurer. Dazu haben die jetzt noch Ski - Saison.“

„Gut. Wir fragen dort nur per Telefon und Email.“

„Trafoi und Stilfs haben wir noch.“

„Sag das bitte Marco. Der ruft an.“

„Auf alle Fälle war das heute schon ziemlich aufschlussreich.“

„Trotzdem müssen wir den Trainer und die Mannschaft noch vernehmen. Das machen wir morgen.“

„Jetzt fahren wir zu Luise und schauen nach der Familie von Marco P.“

„Die hat aber Marco in Bozen schon vernommen.“

„Ja. Trotzdem müssen wir die Gesichter sehen.“

„Gut.“

Luise steht schon wieder in der Küche. Die Familie möchte Etwas zu Mittag. Hauptsächlich für ihre Kinder. Sie verlassen das Haus nicht. Alle sind in Schwarz gekleidet. Drei Kinder spielen im Garten. Reinhold hat ihnen ein Kinderfahrrad gegeben. Mit Stützrädern. Den Kindern sieht man den Verlust nicht an.

Durch ein offenes Fenster hören die Zwei etwas Streit. Wie scheint, geht es um die Hinterlassenschaft. Bei Marco P ist sicher Einiges zusammen gekommen. Monika spekuliert etwas. Toni zischt - Psst. Eigentlich will Toni erfahren, ob alle Familienmitglieder anwesend sind. Sein Telefon klingelt. Marco ist dran. Das Labor hat Fingerabdrücke an Marcos Rennrad gefunden. Die sind nicht von Marcos Trainer und Technikern. Es sind mehrere verschiedene.

Marco hat die Österreichischen und Schweizer Kollegen gebeten, vom Team Fickel und vom Team Draft, alle Fingerabdrücke zu nehmen. Auch von den Technikern, und Trainern. Auf die Frage nach dem Grund, antwortete er seinen Kollegen: Mordverdacht. Das reicht, um die Proben zu ziehen. Sämtliche andere Proben waren negativ. Bis auf zwei Ausnahmen. Der Techniker vom Team Kette und die Masseuse – Kuiken vom Team – Schoko.

„Wie kommen ausgerechnet denen ihre Fingerabdrücke auf Marcos Fahrrad?", fragt Toni.

„Gab es vielleicht ein Techtelmechtel zwischen Marco und der Masseuse?"

„Bei dem Aussehen, kein Wunder", antwortet Marco. Monika hört aufmerksam zu als die Zwei von Titten und Gestänge reden. Als sie sich über ihren festen Griff unterhielten, griff Monika ein.

„Ihr Ferkel. Wenn das Jemand mit hört, gibt es Schlagzeilen."

„Trotzdem müssen wir Kuiken befragen."

„Untersteht euch!"

„Dann musst du zur Massage."

Monika wird rot bei der Ansage. Warum, weiß sie selbst nicht. Sie spürt das nur. Toni schaut ihr tief ins Gesicht.

„Wie scheint, bist du einverstanden."

Die Zwei müssen Lachen.

Marco ruft zurück.

„Die zwei Teams sind bei einem Rennen in Verona dabei. Dort können wir deren Fingerabdrücke nehmen."

„Glück gehabt", antwortet Toni. Er kennt die Schwierigkeiten mit den Österreichern und Schweizern. Die sind immer verrückt darauf, sich selbst die Kronen aufzusetzen. Die Südtiroler Ermittler spielen bei ihnen die zweite Liga. Das Land ist zu klein. Frei nach der Methode, der Größere gewinnt. Oft genug haben die Deutschen und Italiener, die Südtiroler Erfolge als eigene ausgegeben. Wobei die Italiener eher dazu berechtigt sind. Erst beim letzten Fall mit am Schnalser Stausee, standen in Österreich die Zeitungen voll. Beim Lesen konnte man den Eindruck bekommen, die Österreicher hätten den Fall geklärt. Toni kann sich gut vorstellen, welche Beförderungen das brachte in der höheren Ebene.

Monika macht sich auf den Weg ins Hotel Mücke. Sie möchte eine Massage buchen. Auf Landeskosten.

Toni bereitet sich auf die Befragung der Familienmitglieder vor. Luise redet kurz mit der

Familie am Frühstückstisch. Sie sind alle einverstanden. Luise glaubt, auch etwas helfen zu können. Bei Befragungen nutzen die Italienischen Landsleute gern Worte, die in Südtirol nicht ganz so geläufig sind. Luise kennt ein paar dieser Ausdrücke. Nicht alle. Sie denkt aber, das kann helfen. Außerdem ist Luise etwas neugierig. Sie möchte schon gern wissen, wer bei ihr übernachtet. Bei der Vorstellung, Kriminelle beherbergt zu haben, wird ihr übel. Zumal sie eine recht familiäre Beziehung zu dieser Familie pflegt.

Als Erstes befragt Toni Marcos Mama. Sie setzen sich dazu in den Garten. Mama trägt einen Schal aus Pelz. Toni kennt sich mit Fellen nicht so genau aus. Er schätzt, es ist Biber. Vielleicht auch Otter. Das Fell ist ziemlich langhaarig und daher von der preiswerteren Sorte. Otter scheint es demnach nicht zu sein.

Zur Befragung, die ja ansatzweise schon statt fand, stellt sich heraus, Marco war im Großen und Ganzen ziemlich beliebt in der Familie. Toni möchte aber etwas von Feindschaften erfahren. Und nun wird er konkreter.

"Gab es in der Familie Streit, der nicht bei gelegt werden konnte?"

"Reichlich. Es ging immer um Geld. Vor allem dann, wenn Marco ziemlich hohe Preisgelder einnahm."

"Gibt es denn in der Familie weniger erfolgreiche Mitglieder?"

"Sie arbeiten alle in der Fahrradbranche. Wir haben eine Werkstatt und einen Handel."

"Wie sieht es aus mit den Neuentwicklungen von Marco?"

"Deswegen gab es reichlich Streit."

"Um die Prozente oder um die Lizenzen?"

"Lizenzen gibt es sehr wenige bei uns. Wir können uns die Lizenzgebühren auch nicht leisten."

"Also werden die eher auf dem Schwarzmarkt gehandelt?"

"Den Eindruck habe ich. Das ist ein sehr kriminelles Geschäft. Wir als Familie, halten uns da raus."

"Marco macht aber sicher Notizen über seine Erfindungen?"

"Ja, Wir haben dafür ein Archiv. Sicher ist sicher. Wir legen dort, datiert, die Fotos, die Beschreibungen und das Ergebnis ab."

"Das reicht mir fürs Zweite."

Monika kann nicht fassen, welches bürokratisches Durcheinander allein wegen ein paar Erfindungen gemacht wird. Der Erfinder oder Verbesserer einer Technik wird für seine Leistung auch noch nachhaltig bestraft. Dazu drohen ihm noch Diebstähle seiner Erfindungen. Unglaublich. Monika fragt sich, ob sie es überhaupt noch mit einem Rechtssystem zu tun hat.

Langsam liegt schon der Verdacht nahe, sie verfolgen die Falschen.

Nach ein paar Andeutungen hat Marco an neuen Pedalen gearbeitet. Die Pedalen mit dem in die Sohlen eingearbeiteten Profilen waren Marco nicht gut genug. Dadurch gibt es mehr Stürze, die vermieden werden könnten. Bei seinem System sitzt der Fuß fest und lässt sich leicht lösen. Die Familienangehörigen sagen, es gibt starkes Interesse für das System. Was das genau bedeutet, sagen sie leider nicht. Das rückt auch die Familienmitglieder in den Verdacht. Toni sagt ihnen das. Umberto, Renato und Marisa sind die Geschwister von Marco. Sie kommen gerade zum Tisch im Garten von Luises Hotel. Reinhold frag sofort, ob sie etwas trinken möchten. Sie lehnen nicht ab. "Eistee."

"Eistee?" Den hat Reinhold nicht im Haus. Er fährt sofort los in den Ort und holt ein paar Tetrapack. Im Geschäft fragt die Nachbarin, ob sich schon Etwas ergeben hat mit dem Tod Marco P's.

"Ich weiß es nicht."

Seine Nachbarn wissen, er versteht bestenfalls die Hälfte.

Kaum ist Reinhold zurück, geht Toni bei den Familienmitgliedern ans Eingemachte. Alle beantworten die Fragen so gut sie können. Es gibt keine Verdachtsmomente für Toni. Nach deren

Äußerungen hat sich Marco P intensiv mit Riemenantrieb und Pedalen beschäftigt. Auch mit der Art der Gangschaltung und dem Sitz.

Toni kommt langsam zu der Überzeugung, sich einem wissenschaftlichem Gebiet zu nähern. Langsam erklärt sich Toni auch die Anzahl der Räder in Marcos Besitz. Es sind acht verschiedene Räder. Die Familienangehörigen sagen, es wären alle ihre Erfindungen und Verbesserungen. Teilweise sind sie auch schon vom Verband genehmigt.

"Gibt es Fälle von Spionage?", fragt Monika.

Damit hat sie wahrscheinlich den Volltreffer gelandet.

"Ja. Reichlich."

"Wie haben sie das gemerkt?"

"Man hat unsere Rennräder fotografiert und in den Technikpunkten der Rennleitungen auch protokolliert."

"Damit sind ihre Erfindungen ja jetzt Allgemeingut."

"Eigentlich nicht. Kunden müssen bei uns schon nach fragen. Bei Interesse haben sie auch zu bezahlen."

Langsam scheint Geschmack in die Ermittlung zu kommen. Ein Motiv kristallisiert sich gerade heraus. Wahrscheinlich müssen Toni und Monika die Labore ersuchen, genauer auf Neuentwicklungen zu schauen. Ein paar Techniker wären nicht fehl am Platz. Das wird schwierig.

Federico und Colo sind wahrscheinlich die Spezialisten, die von den Beiden benötigt werden. Frederico ist noch unterwegs. Die Familie bestätigt, Frederico, Paolo und Colo sind in das Projekt gut eingeweiht.

"Sie sind wie unsere Familienmitglieder", sagt Mama Julia. Pedro, Marcos Papa, gibt die Zustimmung. "Wir essen täglich gemeinsam."

Das will schon etwas heißen, denkt sich Toni. Nach dem Kontakt mit der Familie, glaubt er nicht an einen Schuldigen in diesem Umfeld. Monika auch nicht.

Jetzt wäre noch interessant, heraus zu bekommen, wo sich denn die Mitglieder des gesamten Teams aufgehalten haben zum vermutlichen Tatzeitpunkt. Und schon leuchten die ersten Probleme. Keiner kann sich so recht erinnern. Im Grunde nicht besonders verwunderlich. Eher normal. Wer führt Protokoll über seinen Tagesablauf? Wenige. Eigentlich lässt sich die Frage leicht beantworten. Die gesamte Familie arbeitet in der eigenen Werkstatt und den dazu gehörigen Laden. Gelegentlich geht ein Familienmitglied etwas einkaufen oder besorgen. Keiner meldet irgend etwas Auffälliges.

Die Befragung ist zu Ende. Die Familie bedankt sich sehr höflich für das Interesse Tonis und Monikas. Toni soll Marco nach Bozen einen schönen Gruß ausrichten. Die Familie bedankt sich auch bei ihm für sein Engagement und das ausgesprochene Mitgefühl. Die Herzlichkeit ist eine Lebensart der Familie. Das gibt Monika zu denken.

Monika bekommt eine Email, die sie mit dem Telefon abruft. An den Steinen wurden Metallspuren entdeckt. Sie sagt das Toni. Toni findet erst Mal nichts Besonders an der Mitteilung. Die Metallspuren können von ihrer Hebebühne sein oder von den Fahrzeugen, die bei der Tataufnahme zugegen waren. Jetzt müssen die Zwei noch einmal ins Hotel Mücke. Dort haben sie noch ein paar Fragen an Kuiken, die Masseuse.

Kaum sind sie angekommen, erwartet sie Kuiken schon im Foyer. Kuiken hat auch Marco massiert. Toni macht sich seine Vorstellungen dazu. Monika zwickt ihn in den Hindern, wie das letzte Mal.

"Reiß dich am Riemen!", zischt sie ihm zu.

"Das Team Sattel hat technische Veränderungen von Marco angebaut", sagt Kuiken.

'Die scheint sich gut auszukennen', denkt sich Toni.

"Was denn für welche?", fragt er.

"Die haben neue Pedalen und Schuhe."

"Woher wissen sie das?"

"Marco hatte mir das gesagt. In unserem Team ist auch die Rede davon."

"Danke, Frau Kuiken."

Kuiken hat eine recht kurze Schürze an. Toni betrachtet sich die Figur und das Hinterteil.

'Die hat keine Unterhose an, denkt er sich. Er sagt das Monika.

"Die hat einen String an, du Ferkel. Den sieht man so nicht."

Toni fragt sich gerade, wie so ein kleines Stück Unterhose sämtliche Körperflüssigkeiten aufnehmen soll. So wie er schwitzt, müsste er täglich vier Mal die Unterhose wechseln. Ihn ergreift etwas der Ekel. Er möchte nicht länger darüber nachdenken. Beruhigt sieht er zu Monika in dem Wissen, was sie für Unterwäsche trägt. Monika scheint zu ahnen, was Toni gerade bewegt.

"Wir müssen zum Team Sattel zu Andrea", sagt sie. Beim Gehen treffen sie Herrn Mussle, den Trainer. Der schaut sofort in eine andere Richtung und tut so, als ob er die Zwei nicht gesehen hat. Monika ruft ihn.

"Guten Tag, Herr Mussle. Alles in Ordnung?"

"Jaja."

Das war's. Die Zwei gehen ihm nach zum Parkplatz. Dort steht auch der Sportwagen von Lorenzo, dem Manager. Die Zwei reden miteinander. Toni versteht nichts. Er kann nur spekulieren.

Im Hotel Pradwurst fragt sie Carlo, wie es mit einem Kaffee aussieht. Beide sagen nicht nein. Carlo macht einen vorzüglichen Kaffee. Luise ist da etwas nachlässiger. Da hält sich Toni etwas zurück mit dem Bestellen von Kaffee. Monika auch.

Beim Kaffee trinken hören die Zwei wieder das Sportauto von Herrn Lorenzo. Den wollen sie eigentlich abfangen und befragen. Das Warten hat sich gelohnt.

Kaum ist er drinnen im Foyer, macht er beim Anblick von Toni, Anstalten, das Hotel gleich wieder verlassen zu wollen. Das geht schief. Seppi, der Ortspolizist kommt gerade dazu. Monika hat den gerufen. Mit dem Telefon von der Damentoilette aus. Zu Zweit können sie unmöglich das Hotel abriegeln. Sie wollen Flüchtige vermeiden. Es gibt in der Mannschaft schon Einige, die sich gern verdrücken möchten.

Toni geht in die Garage. Dort schrauben zwei Techniker an den Rädern. Durch Zufall erkennt Toni, Umberto. Einen Bruder von Marco P. Der schraubt nicht an den Fahrrädern, sondern packt Teile aus.

Zu dem gehen die Zwei hin.

"Das sind doch die Erfindungen eurer Familie", sagt Toni zu Umberto.

"Ja. Lorenzo hat sie gekauft."

"Wer hat sie Lorenzo verkauft?"

"Marisa. Marisa macht unsere Büroarbeit."

"Hat es sich gelohnt?"

"Ganz sicher. Ich weiß nicht den Betrag. Marisa hätte sonst nicht unterschrieben."

Monika schaut Toni an.

"Das sind jetzt Verdächtige."

"Wir müssen noch einmal mit der Familie und Lorenzo reden."

Toni denkt sich, wenn Marco davon nichts wusste, müssen sie die Verdächtigen in der Familie suchen. Seppi hat Keinen gehen gelassen. Lorenzo sitzt an der Bar. Er ist knall rot im Gesicht.

"Haben sie geschwitzt", fragt ihn Monika. Lorenzo rollt mit den Augen und stiert auf ihre Hüften.

"Wollen sie eine Runde mit mir ausfahren?"

"Das ist jetzt ein unpassender Zeitpunkt. Ich ermittle in einem Mordfall. Sie gehören zu den Verdächtigen."

"Ich? Machen sie Witze?"

"Sie sind doch der Manager dieser Mannschaft."

"Ja."

"Woher haben sie die Erfindungen der Familie von Marco P?"

"Gekauft."

"Von wem?"

"Das macht Alles Marisa."

"Hat das Marco genehmigt?"

"Das weiß ich nicht. Wenn das Marisa durchzieht, gehe ich davon aus, die Familie hat das beschlossen."

"Haben sie die Nutzungsrechte oder die Lizenz erworben?"

"Nur die Nutzungsrechte an einem neuen Sitz und an neuen Pedalen."

"Gehören da auch die Schuhe dazu?"

"Die Schuhe habe ich für die Pedalen anfertigen lassen."

"Was unterschiedet die von den anderen Schuhen?"

"Die Kupplungsmethode an der Sohle."

"Die Sohle hat aber Marcos Familie mit entwickelt?"

"Ja. Zumindest den Vorschlag."

"Was ergeben ihre Daten bei der Benutzung der Erfindungen?"

"Die Leistungen verbessern sich damit wirklich."

"Wussten sie das schon von Marco? Haben sie mit ihm verhandelt über die Mitgliedschaft in ihrer Mannschaft?"

"Er wollte erster Fahrer sein und etwas zu viel Geld."

"Wie sieht es mit den anderen Erfindungen Marcos aus?"

"Es gibt noch welche. Eine neue Art Kette. Eine bessere Gangschaltung, kleine Verbesserungen am Lenker und einen nochmal verbesserten Sitz."

"Ich sehe bei Marcos Rädern auch zwei mit Riemenantrieb."

"Auf diesem Gebiet war Marco ein Spitzenentwickler."

"Im Rennsport wird doch dieser Antrieb gar nicht benutzt."

"Der Rennsport ist eigentlich nur der kommerzielle Vergleich von neuen Forschungsergebnissen."
"Alles klar. Danke. Halten sie sich bitte zu unserer Verfügung."
"Ich bin aber die Tage viel unterwegs. In Milano und Modena."
"Dort laufen sie uns sicher nicht weg."
Lorenzo muss lachen.
Monika sucht den Trainer. Der hat sich schon wieder verdrückt. Sie fragt Carlo.
"Der ist bei der Massage neben der Sauna."
Beide gehen runter in den Massageraum. Auf der Liege liegt nicht etwa ein Rennfahrer, sondern Gustav. Splitternackt. Bei ihm ist nicht etwa Kuiken. Heren legt ihm schnell ein Handtuch auf seinen Ständer. Sie ist Holländerin. Geübt in Massage. Ihr Hauptarbeitsplatz scheint eher am Achterbugwal zu sein. Monika lacht laut über das kleine Zelt auf der Liege. Toni fühlt sich heimlich etwas belobigt.
"Wir haben ein paar Fragen. Können sie schon antworten?"
Gustav schluckt noch. Er braucht etwas, um zur Besinnung zu kommen. Heren macht sich derweil aus dem Staub.
"Mit ihnen muss ich auch noch sprechen", ruft Monika, Heren hinterher. Heren bleibt stehen.
"Fragen sie mich gleich mit hier."

"Nein. Extra."
Toni möchte von Gustav wissen, was denn so an
Hilfsmitteln verabreicht wird. Zum Auflockern.
Immerhin hat Toni schon die ersten Proben mit
Fingerabdrücken erhalten. Gustavs Pfoten sind
reichlich vertreten auf den Proben. Das hält er
zunächst zurück. Er will schauen, wie lange der Fisch
zappelt.
"Wer hat mit Marco regelmäßig trainiert aus der
Mannschaft?"
"Bert und Hans sind oft mit Marco gefahren."
"Haben die versucht, Marco zum Dopen zu
überreden?"
"Ich dachte eher, es war anders herum."
Im Grunde ist das eine Lüge. Toni weiß inzwischen
mehr. Die vielen Fahrer sagten Toni schon, wer das
Dopregiment führt. Toni musste das nur auf
schreiben. Jetzt weiß er zumindest, wie er mit Gustav
weiter reden muss.
"Ich habe reichlich Spritzen, Medikamente, Proben
usw. mit ihren Fingerabdrücken drauf. Unsere Labors
haben mir das übermittelt."
Toni blufft. Er weiß, die Ärzte tragen den ganzen Tag
Gummihandschuhe. Deswegen wird selten so einer
erwischt.

"Fingerabdrücke? Von mir?" Gustav lacht. Er beweist Durchblick. Vielleicht haben die Quellen schon telefoniert.

'Der ist eiskalt', denkt sich Toni.

"Wir haben Reste davon an ihrer Kleidung gefunden", sagt Monika. Jetzt wird er stumm. Er grübelt. Wahrscheinlich überlegt er, 'an welcher Kleidung?'.

"Der wollte nichts. Er hat gedroht, es zu verraten."

"Da habt ihr ihm einen Stein über den Pelz gezogen."

"Nein. Lorenzo hat ihm einen Platz in der Mannschaft angeboten."

"Ja? Aber Marco wollte erster Fahrer sein. Lorenzo hat abgelehnt."

"Das hat er ihnen gesagt."

"Jetzt müssen wir wieder mit Lorenzo sprechen. Und der ist in Mailand", sagt Toni zu Monika.

"Nach Mailand wollte ich schon immer mal."

Sie verabschieden sich von Gustav. Auch er bekommt ein Ausreiseverbot auferlegt. Der Protest lässt nicht lange auf sich warten.

"Die Mannschaft ist kommende Woche in Österreich. Dort ist ein Rennen."

"Ohne sie."

Toni ist stur. Gustav telefoniert sofort mit Lorenzo.

"Ich komme morgen", sagt er zu Gustav. Gustav gibt das an Toni weiter.

Monika lacht.

"Nichts Milano. Er kommt zu uns."
Marco ruft an.
"Es gibt für diesen Hang, Bauaufträge und
Ausschreibungen für Hangsicherungen."
Toni sagt das Monika.
"Jetzt kommen langsam neue Motive ins Spiel."
"Wie kommst du darauf?"
"Es gibt Baulose für die Hangsicherung hier an der
Brücke."
"Also, war doch schon jemand hier, um das zu
überprüfen."
"Auf unsere Nachfrage haben die aber gesagt, hier
steht nichts an."
"Wie scheint, gibt es hier ein Durcheinander. Wir
müssen heraus finden, welche Firmen dafür in
Betracht kämen."
Die Suche scheint von Neuem zu beginnen.
Zumindest wird sie erweitert. Wie scheint, hat doch
Jemand an dem Hang gearbeitet oder zumindest,
Proben gezogen. Das würde auch die Metallspuren an
den Steinen erklären.
"Wir müssen wahrscheinlich noch einmal Spuren in
der Felswand suchen", sagt Toni.
Eigentlich liegt noch Sulden an. Dort übernachtet eine
Mannschaft. Auch in Stilfs und Trafoi. Das sind zwar
kleinere Teams, aber die müssen noch befragt
werden.

"Wahrscheinlich müssen wir die Teams nach Prad auf den Stützpunkt der Carabinieri schicken."
"Oder? Die Carabinieri zu den Unterkünften", antwortet Monika.
"Die Familie liegt auch noch einmal an."
"Das machen wir gleich im Anschluss zum Abendessen."
"Wir fahren also heute nicht nach Hause?"
"Ich rufe Luise an. Sie soll uns mit einplanen."
"Ja. Dann hätten wir Zeit genug, in Trafoi und Stilfs selbst vorbei zu schauen. Sulden müssen wir dann den Carabinieri überlassen."
Die Zwei fahren nach Trafoi.
Zuerst gehen sie ins Schönblick. Ein ziemlich stattliches Hotel. Hier können nur wirklich zahlungskräftige Teams übernachten. Und siehe, eins treffen die Zwei an. Dänisch. Beim Betrachten der Räder stellen sie umgehend fest, hier sind die Neuerungen Marcos schon verbaut.
An der Rezeption werden sie freundlich empfangen. Der Chef steht auch gleich in Reichweite. Toni zeigt still seine Marke, die als Karte daher kommt. Der Chef weiß sofort Bescheid. Wahrscheinlich hat er die Ermittler schon erwartet. Es könnte auch sein, Marco hat sich oder sie schon angemeldet.
Der Chef stellt sich ganz offen mit Thomas vor. Er ist freundlich und sehr zuvor kommend.

"Bei uns sind Dänen. Ihr Manager ist oben auf dem Zimmer. Der Trainer - ich muss überlegen - ist einkaufen."

"Wo sind die Fahrer?"

"Die Fahrer sind teilweise noch auf Tour. Zwei sind im Gymnastikraum."

Das ist die Einladung. Die Zwei gehen sofort in den Gymnastikraum. Der Raum ist eingerichtet wie ein Fitnesszentrum. Kaum eine Foltermaschine fehlt. Auf einer Bank liegt der erste Fahrer. Er trainiert die Beinmuskel. Dem Umfang dieser Muskel nach zu urteilen, ist er ein Sprinter. Er stelle sich mit Noah vor. Der Zweite ist eher ein Bergfahrer, schätzt Toni. Der ist so dünn wie Marco P.. Mads heißt er.

"Kennen Sie Marco, den toten Kollegen?"

Mads kennt ihn sehr gut. Er ist oft mit ihm gefahren.

"Marco wollte bei uns in der Mannschaft mit fahren. Unserem Manager war er zu teuer."

"Und Sie? Wären Sie gern mit ihm gefahren?"

"Mit ihm im Team, würden wir mehr verdienen."

"Und das war sicher Ihrem Manager nicht recht?"

"Ich weiß nicht."

Mads zeigt bei der Aussage mit den Augen auf die Tür. Lucas kommt gerade zurück vom Einkauf. Monika überfällt ihn gerade zu.

"Sie sind der Trainer?"

"Ja. Lucas mein Name."

"Kennen Sie Marco P.?"

"Aber sicher. Ein sehr guter Fahrer und Kollege."

"Wollten Sie den in Ihrer Mannschaft haben?"

"Ganz sicher. Ich habe in unserer Mannschaft die besten Wasserträger. Das sind Zweite Fahrer. Die suchen schon lange einen Siegfahrer und würden Alles für ihn tun."

"Warum ist Marco nicht für Sie gefahren?"

"Unsere Besitzer wollten das nicht. Sie sind eher für Noah, den Sprinter."

"Warum?"

"Die Sprinter werden öfter in der Werbung gezeigt. Es gibt auf den Touren zu wenig Bergetappen."

"Und ich dachte immer, die Bergetappen ziehen die meisten Zuschauer an im Fernsehen."

"Die Zielankünfte und Podeste sind die besten Werbeplattformen. Das denken zumindest unsere Sponsoren. Dort wird am meisten fotografiert."

"Alles klar."

Die Fahrer tun so, als würden sie kein Wort verstehen. Toni kommt das etwas seltsam vor. Sind Fernsehkameras in der Nähe, können die plötzlich Englisch. Auf den Versuch, mit Englisch etwas zu erfahren, reagieren die Fahrer gar nicht.

Die Zwei gehen wieder zur Rezeption. Der Manager ist noch nicht hier.

"Wir werden ihn auf seinem Zimmer besuchen", sagt Monika.

"Keine Damenbesuche", antwortet scherzhaft Thomas. Claudia, die Chefin, lacht bei der Bemerkung. Die Zwei gehen hoch zum Zimmer. Sie klopfen. Es dauert. Toni legt das Ohr an die Tür. Er hört Geflüster. Ihm scheint, eine Frau flüstert mit.

"Ich komme", ruft ein Mann im Zimmer.

"Meint der uns?", fragt Monika und lacht.

Die Tür öffnet sich und ein gut gepflegter Mann steht vor ihnen. Es duftet nach Duschbad. Arktis. Wahrscheinlich befürchtet er eine leichte Überhitzung.

"Toni mein Name und die Kollegin hier, ist Monika. Wir ermitteln im Mordfall Marco P."

"Mikkel. Ich bin der Manager der Mannschaft - Duftspray."

"Sie reden aber gut Deutsch."

"Die Deutschen sind unser Hauptsponsor."

"Wir haben die Garage schon besucht und Teile von Marcos Erfindungen gesehen."

"Die habe ich gekauft."

"Von wem?"

"Von Marisa. Pedro hat zugestimmt."

"Sie kennen die Familie Marcos?"

"Sehr gut. Die Familie arbeitet ständig an Neuentwicklungen."

"Gibt es bisweilen Streit um diese Erfindungen?"
"Mir ist kein Streit bekannt."
Im Hintergrund sehen die Zwei eine leicht bekleidete Frau. Sie verschwindet im Bad. Monika könnte jetzt hinter her gehen. Sie tut es nicht.
"Dürfen wir herein kommen? Hier Draußen ist das etwas unpersönlich."
"Bitte."
Er dreht sich noch einmal herum.
Die Zwei setzen sich mit Mikkel an den Tisch im Hotelzimmer. Mikkel nimmt auf einem schönen Stuhl Platz. Die Zwei setzen sich auf die Sitzecke. Aus dem Bad kommt die Frau. Angezogen. Duftend. Auch nach Arktis.
"Das ist Gerda. Ihre Landsfrau."
Gerda begrüßt Monika und Toni. Sie klingt etwas burggräflich. Toni stellt ihr erst mal keine Fragen. Sie setzt sich auf einen Stuhl neben Mikkel und schlägt etwas die Beine übereinander. Monika schaut Toni scharf an, als der den Beinschlag genauer beobachtete. Mikkel bemerkt das und kann das Lachen kaum unterdrücken. Gerda sieht recht gut aus. Toni schätzt, sie geht oft ins Kosmetikstudio. Sie scheint eine Frau des öffentlichen Lebens zu sein.
"Wie viel hat das Nutzungsrecht von Marcos Erfindung gekostet?"

"Das sprechen wir allgemein so nicht aus. Es waren ein paar tausend Euro."

"Aber die Lizenz haben sie nicht erworben."

"Die Lizenz verkauft die Familie nicht. Das macht auch wenig Sinn. Schon ein Jahr später hat das Jeder."

"Also wird die Erfindung kopiert?"

"So kann man das nicht nennen. Die Idee wird eben technisch und materiell anders umgesetzt."

"Also doch geklaut."

"Diese Methode ist üblich in unserer Branche. Wir kaufen das Nutzungsrecht für eine Saison und untersuchen die Erfindung."

"Also testet ihr die Erfindung auch."

"Das ist eine Grundbedingung. Wir wollen schon auch wissen, ob das Etwas bringt."

So recht will Toni kein neues Motiv auffallen. Er glaubt, auf der falschen Spur zu sein. Es muss irgendein Motiv zu dem einen, ihm bekannten Motiv geben. Er glaubt auch nicht mehr an die Dopingthese. Die Rechte an Erfindungen schienen auch kein echtes Motiv zu liefern. Wenn die Erfindungen eh nur eine Halbwertzeit von ein paar Monaten haben, wird sie sich Keiner erstreiten. Monika ist der gleichen Ansicht. Sie findet die ihnen bekannten Motive zu schwach für einen Mord. Zumal alle Mannschaften, Erfindungen von Marco und seiner Familie bereits nutzen. Vielleicht sollten sie dem Motiv - Erpressung mal etwas nachgehen. Oder irgendeinem drohenden Skandal. Auf alle Fälle wollen sie sich mit der Abrechnung der Lizenzen noch genauer Befassen. Dort könnte eventuell auch ein Schlüssel liegen. Der Einsatz der Masseusen, mannschaftsübergreifend, wäre noch ein Thema. Spionage. Aber das schätzt Toni als unbedeutend ein nach den letzten Gesprächen. Jetzt müssen die Zwei noch ins Hotel Pappardelle. Dort hat sich eine andere Belgische Mannschaft nieder gelassen. Ein Weltmeister und mehrfacher Toursieger ist dabei. Er ist jetzt Trainer. Kolbe ist sein Name. Toni hat den immer irgendwie bewundert. Kaum sind sie im Pappardelle angekommen, werden sie auch hier auf die Garage aufmerksam. Beim Betrachten der Räder stellen sie fest, hier werden keine Teile von Marco verbaut. Kolbe begrüßt die Zwei persönlich. Toni will gleich ein Autogramm von ihm. Monika rollt mit den Augen. Kolbe ist trotz seines höheren Alters ein hübscher Mann. Toni zwickt sie nicht. Er stört sie auch nicht bei ihren Träumen.

"Hallo, wir sind Ermittler im Mordfall Marco. Toni und Monika."

"Auf sie haben wir gewartet. Wir finden, das war ein feiger Mord. Wir wollen das aufgeklärt wissen."

"Das dauert noch etwas. Wir haben bisher keine Spur."

"Wenn ich ihnen helfen kann, gerne."

"Mir fällt auf, bei ihnen sind keine Teile Marcos verbaut."

"Wie sie vielleicht sehen, wir sind Eigenentwickler."

"Sicher für eine größere Firma bei ihnen?"

"Ja. Meine."

"Alles klar. Trotzdem sehe ich gewisse Ähnlichkeiten in den Teilen."

"Das ist zwangsläufig so. Trotzdem besitzen unsere Teile eine andere Funktion. Außerdem entwickeln wir auch Software. Das ist unser Weg."

"Stimmt. Marco konzentrierte sich eher auf die mechanischen Komponenten."

"Wir entwickeln außer dem, Rahmen. Unsere eigenen. In die Rahmen verbauen wir unsere Prozessoren. Unsere Räder arbeiten nach einem anderen Prinzip. Marcos Entwicklungen würden uns nichts bringen."

"Danke."

"Wollen sie noch einen belgischen Kaffee mit uns trinken?"

"Gerne."

Sie gehen gemeinsam ins Foyer. Offensichtlich wird in diesem Hotel nur belgischer Kaffee zubereitet. Wie Toni bemerkt, wird der Kaffee aus einem Konzentrat gebrüht.

"Der schmeckt gut", stöhnt Toni.

"Das ist eine Belgische Erfindung. Die Erfinder - Familie war mal mein Sponsor."

"Gilt das ein Leben lang?"

"In dem Fall, ja."

"Warum finde ich nicht so einen Sponsor bei uns hier?"

Monika lacht zusammen mit Kolbe.

"Du hast doch mich."

Kolbe lacht jetzt ausgelassener.

Sie verabschieden sich und machen sich auf den Weg zu Luise. Die Familie muss noch einmal ein paar Auskünfte geben. Monika stöhnt etwas.

"Keine Spur. Kein Motiv. Keine Anhaltspunkte. Nichts."

"Ich hab gesagt, das wird eine größere Arbeit."

"Stimmt. Du hast Recht. Wollten wir nicht noch nach Sulden hoch fahren?"

"Schon. Dort sind zwar keine offiziellen Mannschaften. Aber Nachschauen lohnt immer."

"Das machen wir aber erst morgen."

Sie zwickt Toni in den Hintern dabei. Toni weiß, was das bedeutet. Monika hat sich wahrscheinlich Lust geholt. Bei dem Anblick der Sportsmänner, kein Wunder.

"Für dich müssen wir uns bald eine Maschine beschaffen", sagt er lachend zu Moni.

"Mir würde ein Auswahl der kleinen Radfahrer reichen. Die haben doch Ausdauer genug."

"Bei dir, sicher."

Bei der Äußerung rollt er mit den Augen über die schöne Figur Monikas und träumt von einer gemeinsamen Dusche.

Marco ruft an.

"Ich habe die Baufirma gefunden, die dort gearbeitet haben. Sie waren mit einer Hebebühne dort. Aber nach ihrer Aussage, gegenüber am Hang."

"Wo finden wir die?"

"In Schlanders - Gewerbegebiet Vezzan. Die Firma Ziegel."

"Heute Abend schaffen wir das nicht mehr."

"Verstehe. Ich habe heute Abend auch zu tun. Die Kinder sind außer Haus."

Marco lacht ins Telefon bis es anfängt zu kreischen.

Monika und Toni bleiben heute bei Luise im Hotel. Luise kocht etwas für uns mit, sagt sie am Telefon. Auf die Frage, ob die Familie vollständig ist, antwortet sie:

"Marisa ist nicht da. Sie ist unten im Hotel Mücke."

Im Hotel von Luise wartet bereits die Familie auf die Zwei. Luise kommt mit Kaffee und Tee aus der Küche. Alle sitzen im Garten.

Julia fragt die Zwei, ob sich schon Etwas ergeben hat.

"Eigentlich wollte ich wissen, was die jeweiligen Teams so bezahlt haben für die Erfindungen von der Familie."

"Das sind schon ganz schöne Beträge. Es kommt auch auf die Größe des Teams an. Zwischen zwanzig und achtzig Tausend."

"Haben sie das Geld schon?"

"Nein. Es gibt säumige Mannschaften. Deswegen ist Marisa im Hotel Mücke."

"Wie lange schulden ihnen die Mannschaften schon das Geld?"

"Das ist unterschiedlich. Von einem halben Jahr bis zu zwei Jahren."

"War deshalb Marco bei den jeweiligen Teams?"

"Sicher. Er hat regelmäßig geschimpft über die Manager."

"Aber, ihr habt doch richtige Verträge abgeschlossen und offizielle Rechnungen gestellt."

"Die wechseln einfach die Sponsoren, die Namen und nicht selten, die Manager."

"Wie funktioniert das?"

"Die Sponsoren schieben sich untereinander, abwechselnd, die Mehrheit zu und täuschen damit einen anderen Besitzer vor."

"Aber die Räder wechseln sie nicht."

"Kaum. Unsere Erfindungen sind immer verbaut. Manchmal werden die Räder nur anders lackiert."

"Gibt es in der Familie, Empfänger von Zahlungen außer Marisa?"

"Sie wollen wissen, ob Einer von uns kassiert, ohne die Kenntnis der anderen Mitglieder?"
"Ja."
"Das kann sein. Ich weiß es nicht."
"Marisa; beschaffe uns bitte mal alle Kontoauszüge von euren Einnahmen."
"Ich drucke die Online aus. Das dauert etwas."
"Du musst die nicht ausdrucken. Mir reicht die Datei."
"Das geht ziemlich schnell."
Zum Abendessen hat die Familie im Ort, Fiorentine vom Kalb bestellt. Luise hat sie gegrillt. Mama Julia hat die Zwei eingeladen.
Toni staunt als die Fiorentine kommen. Ein Pfund Fleisch vom Vitello. 'Das war nicht billig', denkt er sich. Mama Julia scheint das in seinen Augen zu lesen.
"Wir sparen lieber am Zimmer als am Essen", sagt sie lächelnd.
"Ich muss ihnen beipflichten", antwortet Toni.
"Das Essen ist meins. Das Zimmer nicht."
Alle lachen etwas ausgelassen. Zumal die Zimmer von Luise ausgesprochen sauber sind. Luise nimmt das sehr genau. Sie fürchtet ständig einen schlechten Ruf.
Nach dem Essen bringt Marisa die Kontoauszüge. Aus denen ist ersichtlich, die Mitglieder der Familie haben unterschiedliche Guthabenbuchungen.
Das Gegenkonto ist nicht immer das Konto Marisas. Sie wundert sich selbst darüber. Marisa verwaltet das

Firmenkonto der Familie. Und das ist auch das Konto, über das Verkäufe gebucht werden. Sie sagt das am Tisch. Sofort werden ein paar Köpfe rot und eine gewisse Nervosität scheint sich auszubreiten. Mama Julia schaut zornig. Wie scheint, verkaufen Familienmitglieder einzeln im eigenen Interesse. Und das aus dem Familienvermögen und dem Betrieb. In der privaten Wirtschaft ist das strafbar. Trotzdem ist nicht damit zu rechnen, die Familienmitglieder würden sich auf dem Gericht um ihr gemeinsames Eigentum streiten. Die machen das lieber unter sich aus. Der gute Ruf in ihrem Heimatort wäre umgehend ruiniert. Auch ihr Ruf bei den Profimannschaften. Die größten Zuwendungen erhielt Renato. Beträchtliche Summen. Julia möchte jetzt wissen, wie er zu dem Geld gekommen ist. Toni interessiert das auch brennend. Renato schaut seine Frau, Debora an. Sie fängt an zu weinen. Die Augentusche, mit der sie nicht gespart hat beim Auftragen, verläuft auf ihrem Gesicht. Dort vermischt sich die Tusche mit einer Unmenge Schminke. Mama Julia schüttelt den Kopf. Wie kann sich eine Italienische Frau, die ohnehin einen beneidenswerten Teint besitzt, so das Gesicht verunstalten?
"Und die Klamotten!", schimpft sie. "Wie eine Hure!"
Roberto schämt sich zunehmend.

"Was hast du Denen verkauft?", will Mama Julia wissen.

"Den Überweisungen nach zu urteilen, Alles", sagt Marisa.

"Das heißt, die haben uns nur symbolische Überweisungen geschickt?", fragt Julia.

"Naja. Ich schätze, die Hälfte", antworte Marisa.

Toni vergleicht zusammen mit Marisa die Einzahlungen.

"Hat das Marco heraus gefunden?", fragt Toni.

Jetzt wird es bitter für Renato. Sein Alibi muss überprüft werden. Auch das von seiner Frau und ihrem gemeinsamen Freundeskreis.

Langsam fühlen sich die anderen Familienmitglieder schuldig. Sie fangen an, den Lebensstil von Renato und seiner Frau zu kritisieren. Und nicht nur das. Sie bemerken, Marco hatte sie alle darauf aufmerksam gemacht. Und sie haben nicht reagiert. Der Abend, der fröhlich und ausgelassen begann, endet in einem Streit.

"Reisen sie bitte nicht ab. Wir müssen sie neu befragen", stellt Toni fest.

Alle gehen schweigend auf ihre Zimmer. Luise fragt Monika, ob sie noch etwas möchten.

"Gerne. Hast du Eis im Haus?"

"Ja."

"Bringe mir mal bitte eine große Portion."

Monika neigt bei etwas Stress dazu, Kuchen oder Eis zu essen. Von irgend Etwas muss schließlich der untere Hüftumfang kommen. Luise kommt mit dem Eis wieder. Toni findet die Portion etwas klein. Er fragt sofort Monika, ob ihr die kleine Portion reicht. Die Sitzmuskelpflege liegt Toni sehr am Herzen. Monika hat sofort verstanden, was Toni meint.

"Bring mir gleich das ganze Päckchen", sagt sie zu Luise. Luise ist froh darüber. Den Umsatz der vier Saisonmonate brauchen sie dringend. Sie bekommen keine Rente.

"Wir haben jetzt eine Spur", sagt Toni zu Luise und Monika.

"Das muss gefeiert werden."

Sie rufen gleich Marco an. Der gratuliert den Zweien. Gleichzeitig verspricht er, die Gegenkonten heraus zu finden. Die Zwei sollen wissen, wo sie weiter suchen müssen.

Der Abend ist vorbei. Alle gehen ins Bett. Luise möchte nicht zu lange auf bleiben. Sie muss immerhin das Frühstück bereiten.

Toni macht mit Monika noch den Schlachtplan des kommenden Tages fertig. Eigentlich müssen sie noch mal ins Hotel Mücke. Von da kamen erhebliche Zahlungen. Sie möchten gern wissen, wie das mit Renato abgesprochen war und ob eventuell Umberto auch Geld empfangen hat. Immerhin ist Umberto auch etwas angelaufen, als von Überweisungen und Kontoständen die Rede war.

"Morgen müssen wir auch die Baufirma in Schlanders besuchen. Den Termin haben Marcos Sekretärinnen organisiert. Neun Uhr müssen wir dort sein."

"Dann machen wir das als Erstes und danach gehen wir in die Mücke."

Zum Frühstück hat Toni Appetit auf ein Würstel. Luise hat das im Haus. Sie ist einverstanden. Monika steht auf Spiegelei. Beides bringt Luise in knapp fünfzehn Minuten. Die Zwei sitzen immer noch allein im Frühstücksraum. Das Buffet ist unberührt. Die Familie steht spät auf. Toni vermutet, die Familie will die Zwei meiden.

"Die stehen sicher am Fenster und warten, bis wir weg sind", sagt er zu Monika.

"Dann müssen wir uns etwas beeilen, bevor sie verhungern."

Die Zwei lachen. Luise hat das gehört und lacht mit.

"Wenn Ihr gefahren seid, werde ich den Gong im Haus schlagen."

Früher haben die Gastgeber in den Hotels, zu Essenszeiten eine Glocke geschlagen. Luise hat dafür einen Gong. Die italienischen Gäste haben sich nach dem Läuten gemeinsam in den Speiseraum bewegt. Bei Luise funktioniert die Tradition noch teilweise. In anderen Hotels schon lange nicht mehr. Heute verkriecht sich jede Familie einzeln in einer Ecke des Speiseraumes. Man redet kaum noch miteinander. Eher übereinander. Redselige Menschen sind heute so einsam wie Einzelgänger. Das ist keine gute Entwicklung. Im Urlaub möchte man doch Jemand kennen lernen. Stumm geht das schlecht.

Nach dem Frühstück fahren die Zwei mit ihren Motorrädern nach Schlanders. Sie sind froh, mit dem Motorrad unterwegs zu sein. Es gibt teilweise Stau. Neben reichlich Lastverkehr aus nahezu allen Regionen Europas, ist der Straßendienst unterwegs. Ausgerechnet zu der Zeit, wenn die Südtiroler zur Arbeit müssen. Toni kommt gut zurecht. Monika fürchtet sich noch etwas. Deshalb lässt Toni, Monika vorne weg fahren. So kann sie ohne Druck entscheiden, wann der günstigste Moment zum Überholen ist. Sie müssen Schlanders passieren und bis Vezzan fahren. In Vezzan am Kreisverkehr biegen sie rechts ab. Und schon sehen sie das Schild der Firma Ziegel. Das ist die Baufirma, die an der Stilfser Brücke gearbeitet hat und dort noch arbeitet.

Toni fällt auf dem Grundstück als Erstes etwas Besonders auf. Steine, die als Bach- oder Hangbefestigung in Stahlgitter gefüllt werden. Der Chef der Firma kommt gerade. Er fährt einen dicken Benz. Seine Frau folgt ihm. Im eigenen Auto. Das muss natürlich ein flotter Sportwagen sein. Ein roter

Alfa. Toni kennt sich mit den Sorten nicht aus. Er hasst Autos. Nicht selten auch deren Fahrer. Monika geht es nicht viel anders. Ihre Familie besitzt einen Geländewagen. Den braucht es dringend in dieser Lage. Vor allem bei Regen, der auf San Vigilio nicht besonders sparsam ausfällt. Hier gibt es reichlich Unwetter. Von irgend Etwas muss ja das Hochmoor auf dem Aschbach kommen. Das Vigiljoch ist eine Wetterscharte. Dort treffen sich die Regenwolken aus allen Richtungen.

Norbert stellt sich gleich vor, als er die Zwei kommen sieht. Toni sagt ihm, er untersucht mit Monika den Mord an Marco P. Sein Gesicht verfinstert sich augenblicklich.

"Mord?"

"Wir gehen von Mord aus."

"In der Zeitung stand etwas von Unfall."

"Das ist der aktuelle Erkenntnisstand, den wir beweisen können."

Monika beobachtet Norbert genau, während er antwortet. Auch seine Frau Sara. Sie hat sich bei der Gelegenheit auch gleich mit vorgestellt.

"Für was werden die Steinbündel in den Stahlgittern benötigt?"

"Damit bauen wir Hang- und Flussbefestigungen. Auch Lawinenschutzdämme."

"Danke. Ich wollte eigentlich nur wissen, für was die benutzt werden. Habt ihr die auch an der Stilfser Brücke verbaut?"

"Ja. Vor allem am Bach."

"Wir haben das schon gesehen. Wo noch?"

"An diversen Hängen mit Lawinengefahr."

"Gut. Danke. Wie werden die schweren, mit Steinen gefüllten Gitter an ihren bestimmten Platz gebracht?"

"Wir machen das mit Hebebühnen. Die haben wir nicht in unserem Besitz. Die müssen wir uns leihen."

"Waren sie am Tag des Todes von Marco P. in der Gegend?"

"Ja. Wir sind täglich dort in der Nähe."

"Gut. Sie sind damit im Kreis der Verdächtigen."

"Das tut uns sehr Leid; lässt sich aber offenbar nicht ändern."

Monika und Toni werden noch zum Kaffee eingeladen. Es gibt auch Mittagessen in der Firma. Monika ist der Appetit vergangen. Sie hat strenges Misstrauen.

Beim Verlassen der Firma ruft Toni, Marco an und informiert ihn über die Erkenntnisse. Marco sagt den Beiden, Sulden sollen sie nicht besuchen. Das übernimmt er und sein Kommando.

"Dort übernachten gerade hohe politische Persönlichkeiten aus Deutschland", gibt er zum Besten.

"Die sind so eiskalt, dass sie sogar Sulden als warmen Ort empfinden", antwortet Toni. Monika muss lachen, als sie das hört. Marco, am anderen Ende des Telefons sagt:

"Psst!" und lacht laut.

Im Anschluss an die Fahrt nach Schlanders, begeben sich die Zwei jetzt nach Prad ins Hotel Mücke. Von dieser Mannschaft hat die Familie Marcos die größten Überweisungen bekommen. Nicht Marisa. Renato. Nicht nur die Zwei. Es gibt auch Überweisungen, die Paolo, den Techniker von Marco P. begünstigen. Bei den Überweisungen fehlen aber vier Gegenkonten. Das sind die Überweisungen von Fickel, Draft, Sattel und Duftspray. Bei Fickel und Draft warten die Zwei auf das bevorstehende Rennen um Verona. Dort können sie sich die Räder anschauen und die Mannschaften vernehmen. Team Schoko hat nur Kleinbeträge an Marisa überwiesen. Großbeträge gingen an Familienmitglieder Marcos. An Marco P persönlich, fanden keine Überweisungen statt. Toni wundert sich. Das ist ein klarer Hinweis auf Spionage und Verrat.

Im Hotel Mücke in Prad treffen die Zwei wieder den Mannschaftsvorstand. Der Trainer ist nicht da. Aber der Freund - Frederico. Und der ist jetzt Mitglied im Team. Nur für diese Saison - zur Probe. Sein Vertrag ist bescheiden.

"Ich muss versuchen, Werbepartner aus Südtirol zu finden."

Von denen verspricht er sich ein paar zusätzliche Einnahmen.

Der Manager vom Team Schoko ist endlich mal zu sehen. Frederico zeigt ihnen den Mann. Sie gehen sofort hin. Der hat doch tatsächlich ein Hemd an, das wir gewöhnlich in der Karibik anziehen. Der typische Hut darf natürlich nicht fehlen. Und das ausgerechnet im April im Suldnertal.

"Ist er der Manager oder der Clown der Truppe?", fragt Monika. Sie bemerkt auch die Flecken auf seiner hellen Sommerhose.

"Essen kann der wahrscheinlich auch nicht. Das Besteck scheint ihm Schwierigkeiten zu bereiten."

"Der ist Pommes fressen mit den Pfoten gewöhnt", scherzt Toni schon etwas leiser.

"Ich esse Pommes gern", spricht der Manager die Zwei an. Er hat Alles gehört, wie scheint. Die Zwei schämen sich etwas. Genau so will das Debeule. So stellt er sich vor. Kuiken kommt gerade zu den Dreien. Toni blickt sie an und schüttelt leicht den Kopf. Sie verschwindet wieder. Etwas griesgrämig.

Monika stellt die Zwei vor. Langsam scheint dem Herrn zu dämmern, woher der Wind weht. Frederico hat sich schon bei Zeiten verdrückt. Er möchte nicht mit den zwei Kriminalisten in Verbindung gebracht werden. Das wäre das Ende der sehr kurzen Karriere. So Etwas spricht sich umgehend bei den anderen Teams herum.

Zumindest sind jetzt die Fett- und Ketchupflecken auf seiner Hose erklärt. Das müssen sie jetzt nicht mehr extra in Erfahrung bringen.

"Wir bräuchten ihre Fingerabdrücke. Die nutzen wir auch als Genprobe. Als wir das erste Mal hier waren, waren sie nicht da."

"Gut. Wenn das sein muss."

"Dann haben wir noch ein paar Fragen."

"Aber bitte."

"Als Manager überweisen sie das Geld an die Sponsoren?"

"Ja."

"Überweisen sie auch das Geld an Jene, von denen sie Nutzungsrechte kaufen?"

"Natürlich."

"War da zufälligerweise Marco P. dabei?"

"Etwas. Seine Familie hat den Hauptanteil bekommen."

"Gab es Streit wegen des Geldes?"

"Marco war mehrmals bei mir und forderte, die Beträge an Marisa zu überweisen."

"Sie haben also auch Beträge an andere Familienmitglieder überwiesen?"

"Ja. Renato hat den größten Teil bekommen."

"Sie hatten aber den Vertrag mit Marco und Marisa."

"Renato hat mir eine Vertragsausnahme vorgelegt, den die gesamte Familie unterschrieben hat."

"Wollte das Marco sehen?"

"Ja. Ich hatte das aber nicht bei der Hand. Mein Notar sollte mir das beglaubigen."

"Ah. Deswegen waren sie zu Hause?"

"Genau deswegen. Ich habe die beglaubigte Kopie oben im Zimmer. Wollen sie die sehen?"

"Ja gerne. Wir hätten davon auch gern eine Kopie."

"Das mache ich sofort."

"Bitte."

Debeule geht nach oben. Monika und Toni warten. Sie warten und warten. Nach zwanzig Minuten fragt Toni an der Rezeption, ob sie nicht mal bei Debeule auf dem Zimmer anrufen können. Die Rezeptionistin ruft an. Keine Antwort.

"Welche Zimmernummer hat der Herr?"

"304"

"Haben sie einen Generalschlüssel? Zur Sicherheit, wenn die Tür verschlossen ist."

"Ja. Hier."

Die Zwei fahren hinauf in die dritte Etage. Das ist die Dachetage. Sie klopfen an der Zimmertür. Keine Antwort. Monika klopft jetzt wie eine Frau, die es eilig hat. Keine Antwort. Toni nimmt dem Schlüssel und will das Zimmer aufschließen. Die Tür hat keine Klinke. Nur einen Knauf. Der dreht sich und öffnet die Tür. Im Zimmer liegt Debeule. Die Zwei stürzen hin zu ihm und testen, ob er lebt. Er ist tot. Monika ruft Marco an. Toni ruft mit dem Haustelefon die Rezeption. "Schauen sie bitte, ob jemand das Haus verlässt und halten sie die Besucher auf. Alle. Wir haben einen Toten in der dritten Etage. Bitte bewahren sie Ruhe. Wir haben bereits unser Kommissariat und den Notdienst informiert. "

"Danke für die Hilfe."

Dem Weißen Kreuz hat Toni am Telefon gesagt, sie sollen in Zivil ohne Sirene kommen. Die Leiche muss in die Pathologie der Carabinieri.

Debeule wurde erwürgt. Toni sieht deutliche Würgemahle. Es gibt aber keine Kampfspuren. Der Täter muss ein Bekannter von Debeule gewesen sein. Dazu ziemlich kräftig. Toni schätzt, Debeule wurde im Sitzen von Hinten erwürgt. Der Sessel zeigt Spuren von Speichel. Das muss noch untersucht werden. Die Spurensucher kommen sicher bald.

Monika hat sich inzwischen zur Rezeption begeben. Sie muss jetzt die Leute, die kräftig genug erscheinen, da behalten. Die Anderen dürfen nach der Abgabe ihrer Daten gehen. An der Rezeption vergleicht Monika die Angaben mit denen der Meldeliste. Es gibt Abweichungen.

"Haben sie alle Daten richtig eingetragen?", fragt sie die Rezeptionistin.
"Wir tragen die Daten von den Papieren der Gäste ein."
'Irgend Jemand lügt', denkt sich Monika. Wie können sich die Angaben unterscheiden, wenn die von Papieren eingetragen werden?
"Werden ihnen immer die Ausweise vorgelegt oder manchmal auch andere Papiere?"
"Wenn die Gäste keinen Ausweis mit haben, müssen sie uns ihren Führerschein oder den Pass vorlegen."
Monika schätzt, viele Gäste legen den Führerschein ihrer Frau mit dem Mädchenname vor. Das sind erstaunlich viele Gäste, die Etwas zu verbergen haben. Vielleicht wollen sie einfach nur der Schnüffelei der Behörden entgehen. Das hat immerhin unerträgliche Ausmaße angenommen.
Es ist schon erstaunlich. Die Behörden behindern die Behörden bei ihrer Arbeit. In dieser Situation hilft nur die Kraft des Sisyphos, die Toni und Monika regelmäßig hilft. Monika wird wieder die Auswerterin der reichlich vorhandenen Spuren, Verdächtigen und Motiven.
Debeule wurde mit einem Bowdenzug erwürgt. Jetzt kommt praktisch das gesamte Team unter Verdacht. Das geht böse aus. Die müssen ja trainieren und auch ihren Lebensunterhalt bei verschiedenen Rennen

verdienen. Der Bowdenzug wird nicht gefunden. Die Spurenfahnder haben das angedeutet. Es muss ein Draht gewesen sein, der einem Bowdenzug sehr gleicht. Mit der puren Hand wäre es nicht möglich gewesen, eine derartige Kraft auszuüben und solche Spuren zu hinterlassen. Entweder hat der Täter, Griffe benutzt oder extrem steife Schutzhandschuhe. Das Labor wird die Fragen sicher beantworten können. Die Techniker haben reichlich Spuren gesichert.

Renato gerät jetzt ins besondere Blickfeld der Zwei. Sie fahren umgehend zu Luise. Renato muss sich erklären. Die Zwei wollen jetzt wissen, ob Renato das Haus verlassen hat.

Die Familie beteuert, Renato hätte das Haus nicht verlassen. Luise kann die Frage nur im Rahmen ihrer Möglichkeiten beantworten. Permanent schaut sie nicht aus dem Küchenfenster. Zwischendurch putzt sie auch die Zimmer, das Haus und den Speiseraum. Reinhold hat auch nichts gesehen. Damit käme nur in Frage, Renato hätte sich fort geschlichen. Toni möchte die Schuhe Renatos. Alle. Die will er ins Labor geben. Am Auto der Familie probiert er die Temperatur. Das Auto ist kalt. Wobei, der Weg in den Ort würde das Fahrzeug nicht sonderlich aufwärmen. Die Räder sind noch zur Untersuchung. Jetzt bestünde noch die Möglichkeit, die Räder der Kollegen zu kontrollieren. Die Reserveräder. Die Kollegen sind alle unterwegs.

Reinhold stellt den Radfahrern seinen Stadel als Werkstatt zur Verfügung. Toni geht als Erstes nach schauen, ob er dort eventuell Bowdenzüge findet. Und siehe, er findet einen zum vergleichen. Einen gebrauchten. Die Techniker haben den entsorgt. Jetzt probiert Toni, ob er mit dem Ding so eine Gewalt ausüben kann, um Jemand zu erdrosseln. Er probiert das an einem Holzpfahl. Erst mal ist der gebrauchte Bowdenzug zu ölig. Er bekommt keinen Halt in die Hand. An den Händen sieht man sofort Spuren des Einwirkens des Seilzuges.

Toni ruft sofort seine Kollegen im Hotel Mücke an, sie sollten die Hände der Gäste kontrollieren. Vielleicht haben sie Glück und der Täter war achtlos.

Paolo ist im Haus bei Luise. Er fragt Paolo, wie sie das mit den Bowdenzügen tun, damit sie nicht einschneiden.

"Wir haben dafür ein Werkzeug."

Er zeigt das Toni. Es ist eine Art Griff, in den verschieden dicke Nute eingearbeitet sind. Selbst an den Verlust des Kopfes des Bowdenzuges ist gedacht. Der Bowdenzug kann mit einer Art Hebelklemme, fixiert werden. Er muss nur ein oder zwei Mal um den Griff gewickelt werden. Jetzt steht die Frage, ob Debeule mit einem gebrauchten oder neuen Bowdenzug erdrosselt wurde. Das stellt das Labor fest. Paolo sagt Toni auch, sie haben

Endlosbowdenzüge, bei denen sie die Abschlussplomben selbst anbringen. Dafür gibt es spezielle Zangen. Die gibt es auch zum Schrauben. Toni staunt. An Alles ist scheinbar gedacht in der Branche. Er geht also davon aus, der Mord war geplant oder zumindest vorbereitet.

Natürlich lässt er sich von der Familie die Hände zeigen. Keine Spur. Jetzt wäre eigentlich noch ein Fingerabdruck zielführend. Die Industrie arbeitet mit Schmiermitteln, die ganz sicher ihre Spuren hinterlassen. Er fragt die Familienmitglieder. Alle sind einverstanden. Die Proben gehen wie immer ins Labor. Die haben natürlich alle Hände voll zu tun. Hoffentlich unterlaufen ihnen dabei so wenig wie möglich Fehler.

Renato befragt er nach den Einkünften. Er zeigt ihm ein paar Kontoauszüge. Renato wird knall rot. Seine Frau wirkt etwas unberührt und abwesend.

Mama Julia stellt das auch gleich klar.

"Debora ist eine ziemlich teure Frau."

Sie lächelt mitleidig. Scheinbar tut ihr Renato leid. Toni denkt sich, die Familie muss das untereinander klären. Trotzdem rückt Renato in die Reihe der Verdächtigen. Toni müsste nur heraus bekommen, ob Renato deswegen mit Marco gestritten hat. Vor allem geht es darum, wie intensiv und hartnäckig der Streit ausgetragen wurde. An den Händen von Renato ist jedenfalls nichts zu sehen. Trotzdem hat Renato gewaltige Erfahrungen mit der Montage von Rädern. Er ist das Boxenmitglied der Familie. Toni bezweifelt trotzdem, Renato mit der Tat in Verbindung zu sehen. Mit dem zweiten Mord auf alle Fälle. Keiner hätte das so schnell geschafft, unbemerkt vom Hotel Mücke zu Luise zu rennen. Irgendwie sieht er einen Zusammenhang zwischen den zwei Taten. Monika auch. Die analysiert bedeutend gründlicher als Toni. Sie hat dafür mehr Ruhe. Die steht Toni nicht zur Verfügung. Toni wird schon bei der Spurenaufnahme zu stark beansprucht. Am meisten behindert ihn die Bekanntgabe der Untersuchungsergebnisse. Die erfolgt schleppend und oft nicht zusammen hängend. Das müssen die Drei, Marco, Monika und er, noch besser organisieren.

Die ersten Ergebnisse aus den Labors betreffs der Dopingproben sind angekommen. Auch die ersten Ergebnisse von Fingerabdrücken und Genproben. Es gibt Ungereimtheiten. Toni schüttelt mit dem Kopf.

"Wer soll das schaffen?"

"Du hast mich", antwortet ihm Monika.

Marco sagt, die Ergebnisse der Textilproben vom Hang, die Art des Seiles und verschiedene andere sind da. Auch die Marke der Vaseline. Und jetzt kommt der Hit. Den Vibrator haben sie auch untersucht. Die

Ergebnisse interessieren Monika ganz besonders. Sie lacht wieder.

"Das Ding wurde nicht von Frauen benutzt, obwohl auch weibliche Fingerabdrücke gefunden wurden. Rate mal von wem?"

Toni krümmt sich vor Lachen.

"Bei dem Thema ist es wirklich schwer, ernst zu bleiben. Ich schätze, die sind von unseren Masseusen."

"Träumst du schon wieder?", fragt Monika und lacht.

"Aber, du hast Recht. Von allen Zweien."

"Die Sitzcreme ist auch dabei. Sie ist tatsächlich neu. Dort hängen wir uns ran", sagt Toni.

"Wir sind eigentlich schon weiter. Die Sitzcreme behandeln wir bei der Beweisaufnahme", sagt Monika.

Wo sie Recht hat, hat sie Recht, denkt sich Toni. Mit diesen Beweismitteln können sie höchstens noch Zusammenhänge klar darstellen. Wichtiger scheint die Drogendealerei zu sein. Und da hängen sie bereits dran. Gerade mit dem Tod von Debeule. Entweder wollte der mehr Geld oder einen neuen Vertrag. Seiner wäre, nach den Erkenntnissen der Befragung der Fahrer, ausgelaufen. Toni möchte das Management des Sponsors befragen. Jetzt wird es kritisch. Marco mahnt, das könne er tun. Toni besteht aber darauf, die Antworten hören und Gesten sehen zu dürfen. Marco macht einen Termin. Die Führung kommt mit dem Flugzeug nach Bozen. Das Personal des Bozner Flugplatzes wird sich freuen. So viel Flüge auf ein Mal.

Und das sind nicht mal militärische.

Die Manager werden gleich nach Prad gefahren.

Marco ist dabei und auch andere Spezialisten der Carabinieri.

Die Befragung dauert nicht all zu lange. Die Anwälte der Manager blockieren die Fragen, wo sie können. Die Carabinieri müssen erst mit ihrer Verhaftung drohen, ehe sich ein Weg findet.

Es kommt heraus, die Drogen als auch die Gelder wurden direkt geliefert. Ohne dem Mitwissen von Debeule. Und das scheint eine wichtige Erkenntnis zu sein. Man hat Debeule nicht vertraut. Ganz nebenbei, erfahren die Zwei, Debeule hat trotzdem viel gewusst und geplaudert. Die Zwei erfahren aber nicht, wer für den Mord an Debeule in Frage käme. Man verrät sich nicht in den Kreisen. Das führt zu einem kurzen Lebenslauf.

Die zwei Ermittler müssen Stochern. Am besten, sie fragen das Personal. Vor dem ausländischen Personal wird kaum geschwiegen. Man denkt, die verstehen nichts. Nicht selten, hat das Personal aber eine bessere Ausbildung bekommen als das Management der jeweiligen Firmen. Das ist einfach so, wenn man sich das Personal in fremden Ländern zusammen klaut, statt es selbst auszubilden.

Vom Hotelpersonal bekommen sie den Hinweis, der Hausmann könnte darin verwickelt sein. Er hat auch die technischen Möglichkeiten.

Johann, der Wirt des Hotels Mücke, lässt Goran rufen. Goran ist der Hausmann des Betriebes. Er kam wegen des Jugoslawienkrieges nach Südtirol. Seine Familie, bis auf die Eltern, hat er mitgebracht. Sie leben zusammen in Eyrs. Sie gehen zusammen in den Keller. Dort hat Goran seine Werkstatt. Bei der kurzen Suche nach Bowdenzügen, Stahlseilen und Seilen, werden sie fündig.

"Die Sachen haben mir die Techniker der Radfahrer gegeben", sagt er, ohne zu überlegen.

Die Carabinieri sind noch im Haus wegen der Ermittlung. Sie nehmen Goran fest.

"Habt Ihr erst Mal seine Fingerabdrücke genommen?", ruft Monika.

"Die sind sicher haufenweise in jedem Zimmer", antwortet Toni. Damit könnte er Recht haben.

"Das untersuchen wir bei uns auf dem Revier", antwortet ein junger Carabinieri. Monika ruft umgehend Marco.

"Der muss doch noch im Haus sein", schimpft sie. Als hätte er es gehört, kommt Marco.

"Das ist keine Verhaftung, sondern eine Einvernahme. Wir prüfen Alles bei uns. Außerdem müssen wir Goran schützen, bei dem, was hier vor sich geht."
Als das Goran hört, wird er etwas lockerer. Wie scheint, ist Goran die Behandlung gewohnt. Toni fragt sich jetzt nicht, was dieser Mann schon Alles erlebt hat.
Trotzdem ist Toni dankbar für den Blick in Gorans Werkstatt. Die Bowdenzüge wurden Goran nicht umsonst geschenkt. Man wollte scheinbar eine Spur verwischen. Eigentlich hat Goran gesagt, von wem er die Bowdenzüge bekam. Und das ist der nächste Gang von Toni. Monika geht inzwischen hoch zur Rezeption. "Kaffee trinken", wie sie sagt. Monika möchte zusehen, wer mit wem spricht oder sich verdächtig benimmt. Leider kennen alle im Haus, Monika. Monika braucht schon ganz spezielle Kenntnisse, um das zu erreichen, was sie will.
Auf alle Fälle will Monika den Trainer Mussle und den Arzt des Teams, Blendkopp wieder sehen. Die Zwei vermutet sie hinter der Tat. Sie muss nicht lange warten. Die Zwei kommen zusammen. Als sie Monika sehen, drehen sie ab. Sie suchen einen anderen Raum, denkt Monika. Trotzdem ruft sie umgehend Toni an. Im Hinterkopf befürchtet Moni, die Zwei wollen sich verdrücken. Und tatsächlich wollten sie

das auch. Toni hat sie auf dem Weg zur Garage gestellt. Die Zwei tun etwas überrascht.

"Wir benötigen noch ein paar Aussagen von ihnen Betreff des Todes von Debeule."

Der Gesichtsausdruck verrät Toni, die Zwei haben Etwas zu verbergen. Monika hat von einer Tasche gesprochen am Telefon. Die scheint verdunstet zu sein. Die Tasche ist weg. Die Tür geht auf und Monika steht mit der Tasche in der Garage. Jetzt scheint dem Trainer ein Licht aufzugehen.

Monika ruft umgehend die Carabinieri Kollegen im Hotel. Es dauert keine drei Minuten und schon sind sie da.

"Verhaften bitte", sagt Monika.

Blendkopp ruft: "Warum?"

"Verdacht auf Mord."

Die Zwei, Blendkopp und Mussle sind außer sich. Sie protestieren laut. Alle in der Garage drehen sich um. Andere verkrümeln sich still und leise. Die Rennfahrer halten inne. Keiner tritt mehr in die Pedalen.

Die Einvernommenen, zwei Carabinieri und Toni, fahren zusammen zum Stützpunkt in Prad. Samt den Gegenständen, welche die Zwei mitgeführt haben. Mariciallo Carlo in Prad wartet schon auf die Fünf. Per Funk haben die Kollegen ihm Bescheid gegeben. Blendkopp besteht auf einen Anwalt. Mussle fordert das auch gleich mit.

Die Taschen und Kleidungsstücke durchsucht der Mariciallo trotzdem sofort. In der Tasche befindet sich die Sitzcreme. Toni muss über den Name der Creme lachen: Dynamit.
Auf Italienisch sagt er zu Carlo,
"die haben Dynamit am Arsch."
Beide lächeln etwas darüber.
Weiters finden sie Unterlagen. Es scheinen Trainingsberichte zu sein. Die Frage ist, wer das abholen soll. Der Bote müsste ja praktisch in der Nähe oder im Hotel sein. Toni schätzt, der Bericht ist für den Sponsor vorgesehen. Nach einer kurzen Sichtung, bekommt Toni die Bestätigung. Nur; es handelt sich nicht um Trainingsberichte. Es geht um eine Abrechnung. Die Abrechnung hat es in sich. Auf der Liste stehen nicht nur die Namen der Fahrer und des Teams neben den Ausgaben für die Personen. Nein. Dort stehen noch weitere zehn Namen. Auch Firmen. Carlo glaubt jetzt schon, er müsse größere Razzien anmelden. Er wird das eher an die Kollegen der Steuerprüfung geben müssen. Keiner dieser Beträge wird, außer vielleicht vom Hotel, in irgendeinem Bericht auftauchen. Es geht um Honorare. Carlo verspricht Toni, die Daten der Begünstigten heute noch zu schicken. Toni vermutet schon etwas übereilig, der Täter könnte dabei sein.

Bei der Befragung erfährt Toni aber jetzt etwas mehr als er sich dachte. Er rechnete mit der totalen Verschwiegenheit. Die Angst der Zwei scheint etwas zu helfen. Mit der Verhaftung steht immerhin auch deren Job zur Diskussion. Und das macht die Zwei recht gesprächig.

Auf die Frage, wer die hohen Gelder für Renato zu verantworten hat, kommt schon mal eine Aussage.

"Wir sind nur die Überbringer."

Also spekuliert Toni, ist extra noch Bargeld geflossen. Und das macht die Handlung schon mal kriminell in den Kreisen.

"Wer hat das abgeholt?"

Und jetzt haut es Toni fast aus den Socken.

"Debora."

Die Frage muss Toni dann bei Luise klären. Hat Renato, Debora geschickt oder nicht.

"Welches Verhältnis hatten sie zu Debeule?"

Toni fragt das nicht umsonst. Die Trauer um den Manager scheint sich in Grenzen zu halten. Mussle antwortet nicht. Er neigt den Kopf etwas zur Seite. So, als wollte er Blendkopp auffordern, das zu beantworten.

"Wir hatten ein gutes Verhältnis", antwortet der. Sein Gesichtsausdruck lässt Spekulationen aufkommen.

"Wie gut?"

"Fruchtbar."

"Was wollten sie mit den zwanzig Tausend Euro in der Tasche?"

"Das war eine Prämie für die Mannschaftskasse."

'Wer das glaubt wird selig', denkt sich Toni. Was Anderes bleibt ihm derzeit nicht übrig.

"Haben sie schon einen neuen Manager?"

"Das übernimmt zeitweise unser Sponsor."

"Sind vom Sponsor, Vertreter im Haus?"

Dazu schweigen die Zwei zuerst. Sie schauen sich an. Toni kann keine Reaktion lesen in deren Gesichtern. Monika fehlt ihm.

"Zweite Etage. Herr Gillen mit Frau."

Darauf wäre Toni niemals gekommen. Ein Ehepaar als Manager. Toni ruft Monika an, sie soll sich die aktuelle Gästeliste ausdrucken lassen. Auch die An - und Abreisen der Woche. Er schätzt, der Täter ist darunter. Zu der Sitzcreme haben sie eine Beurteilung gelesen. Die fällt positiv aus. Die Fahrer sind zufrieden mit dem Dynamit am Hintern. Schreibt der Trainer.

Die Befragung klärt noch ein paar Einzelheiten. Die Zwei werden ins Hotel Mücke zurück gefahren.

"Verlassen sie bitte das Land nicht", sagt Carlo. Er gibt auch gleich die Mitteilungen an die Grenzposten bekannt. Die Fotos und Fingerabdrücke der Beiden werden genommen. Das scheint schon zu reichen, heutzutage.

"Fast wie in Afrika", sagt Toni scherzend. Carlo lacht dazu.

"Ich habe auch den Perone hier gesehen", sagt Monika.

"Wer war das gleich?"

"Der Manager vom Team Kette und Griff aus dem Suldenklotz."

"Was will der hier?"

"Das müssen wir den fragen. Außerdem habe ich das Zimmermädchen von Debeule getroffen. Die hatte etwas Urlaub."

"Die Zwei müssen zu uns. Kläre das mal bitte an der Rezeption."

Im Konferenzzimmer des Hotels befragen sie das Zimmermädchen. Perone ist noch nicht da. Sie stellt sich mit Karina vor. Toni fragt sie nicht, woher sie kommt. Er will falsche Vermutungen vermeiden. Die Meisten gehen bei der Frage auf Abwehrhaltung. Die schadet bei den Ermittlungen.

"Kennen Sie Debeule?"

"Den sein Zimmer habe ich oft mit gereinigt."

"Mehr nicht?"

"Er hat mich oft eingeladen zum Tanz oder zum Ausgehen."

"Sind sie mit gegangen?"

"Ja."

"Haben sie dabei noch andere Persönlichkeiten getroffen?"
"Ja."
"Sagen sie mir bitte, wen?"
"Gerne. Herrn Perone, Herrn Norbert, Frau Sara, Herr Gillen und seine Frau Meule. Die sind wieder mal hier."
"Wurden sie von denen auch eingeladen?"
"Ja. Immer wieder mal."
"Waren sie die Einzige, die eingeladen wurde?"
"Ich sollte auch Schülerinnen ansprechen, die bei uns Ferienarbeit verrichten."
"Hat das funktioniert?"
"Ziemlich oft."
"Haben sie Geld dafür bekommen?"
"Ja, etwas."
"Haben sie das in der Steueranmeldung angegeben?"
"Nein. Die Zuwendungen bis Dreitausend pro Jahr sind doch steuerfrei, dachte ich. Trinkgeld sicher auch."
Toni lacht.
"Keine Angst. Ich bin nicht von der Finanz."
"Gab es intime Beziehungen. Das müssen sie mir nicht beantworten. Und würde das aber helfen."
"Ja. Reichlich."
"Mit Allen?"
"Perone war am meisten interessiert."

"Haben sie dabei etwas von Geschäften erfahren. Vielleicht von Erfindungen der Familie von Marco P."

"Ja. Es gab Streit bei der Abrechnung."

"Gab es auch Streit um Lizenzen?"

"Ich glaube, so Etwas gehört zu haben."

"Geht das auch etwas genauer?"

"Ja, wissen sie. Das bringt mich in Bedrängnis. Ich brauche die Arbeit."

"Machen sie wenigstens eine Andeutung. Wir veröffentlichen das nicht."

"Ich habe Angst. Schauen sie mal in die Küche."

"Danke."

"Da hätten wir schon eher drauf kommen können. Wir durchsuchen die Gäste und vergessen das Personal", sagt Toni zu Monika.

"Ich rede dann mal mit Johann", antwortet Monika. "Ich brauche alle Einstellungen, Bewerbungen, Probearbeiten und Entlassungen."

Es dauert nicht lange und die Unterlagen sind da. Beim Überfliegen stellt Monika fest, es gibt einen regen Personalwechsel in der letzten Woche bis heute. Selbst heute sind Personen registriert, die einen oder zwei Tage auf Probe gearbeitet haben. Die Carabinieri haben diese Personen komplett vorzuladen. Marco möchte das gleich telefonisch erledigen. Er hofft auf das Verständnis der Angesprochenen.

Interessant finden die Zwei vor allem Bedienungen, Zimmermädchen und Köche. Selbst ein Abspüler gerät in ihren Blick. Der hat auch als Hausmann mit geholfen.

"Ich muss deren Hände sehen", sagt Toni.

Marco reagiert. Er schickt gleich die örtlichen Kräfte an die Wohnorte der Arbeiter. Die wohnen alle bei Südtiroler Vermietern. Und die werden bei den Nachfragen der Carabinieri teilweise ziemlich nervös. Neuerdings zahlen die Hotels nur noch selten die Miete der angestellten Ausländer. Es kommt bisweilen zu Unregelmäßigkeiten. Streit ist die Folge, der einige Vermieter stark belastet. Vor allem, weil sie oft mit Krediten die Wohnungen sanierten. Die Hotels hingegen, haben viele ihrer Personalzimmer in Hotelzimmer umgewandelt. Die Belastungen zwingen sie zu Einsparungen. Wie üblich, wird gerade am falschen Platz gespart. Alle Mitarbeiter vorzuladen, wird eine Heidenarbeit. Einige scheinen irgendwie untergetaucht zu sein. Toni hofft, ihr Gesuchter ist nicht dabei. Monika regt an, auch die Campingplätze mit zu durchsuchen. Sie schätzt, einige Saisonarbeiter leben in Südtirol unter amerikanischen Verhältnissen. Im Wohnwagen oder im Zelt. Auch Unterkünfte in Mietshäusern werden in den Blick genommen. Zumindest jene, die von Gruppen genutzt werden.

"Wahrscheinlich müssen wir auch mal bei den Einheimischen suchen", sagt Toni.

"Die Einheimischen kreuze ich mal extra an."

"Mich interessiert, ob zufällig ein Arbeiter dabei ist, der vorher im Ziegelbau war."

"Das lassen wir am besten von den Sekretärinnen Marcos heraus suchen."

"Ruf die bitte mal an und schicke denen die Liste."

Monika macht das Alles gleich mit dem Telefon. Toni staunt. Er kann mit dem Telefon nicht so umgehen wie sie. Ihm ist das etwas zu fremd. Seiner Meinung nach folgen die Telefone einer eigenen Logik. Frauen scheinen diese Logik besser zu verstehen als er. Ganz zu schweigen von dem Vorteil der schmalen Finger. Wie scheint, ist das Handy extra für Frauen entwickelt worden. Toni hat jedenfalls immer Ärger, wenn er mit seinen Pranken das Telefon berührt. Die Daten kommen. Zeit, aufzubrechen. Toni fährt mit Monika zusammen zu Luise ins Hotel. Dort spielt er die Daten rüber auf seinen PC. Nach der kurzen Recherche ziehen die Beiden den Schluss, in der Küche und im Service haben zwei Mitarbeiter gedient. Zudem ein Hausmeister, der noch dazu, vorher beim Ziegelbau geschafft hat.

"Das scheint die Spur zu sein", ruft Toni.

"Arbeitet der noch in der Mücke?", fragt Monika.

"Nein. Den müssen wir zu Hause besuchen."

"Wo wohnt er?"

"Halt dich fest. In Stilfs."

"Wenn wir jetzt noch heraus bekommen, ob dort oder in der Nähe, eventuell eine Feuerwehrleiter als Anhänger steht, sieht es nach einer festen Spur aus."

"Wir haben wahrscheinlich den Straßendienst etwas vernachlässigt."

"An der Stilfser Brücke haben die einen Stützpunkt. Wir schauen dort mal nach."

Die Zwei brechen umgehend auf. An der Brücke ist immer noch der Bereich des Weges gesperrt. Auch die Parkmöglichkeit. Trotzdem können sie zu dem Stützpunkt fahren.

Sie kommen am Stützpunkt an. Der scheint abgeschlossen. Sie klettern um das Gebäude und rufen. Keine Antwort. An drei, vom Dreck erblindeten Fenstern versuchen sie, ins Innere zu schauen. Und siehe da. Drinnen sitzt ein Mann in orangener Arbeitskombi. Der hört etwas Radio und steckt mit dem Zeigefinger tief in seinem Nasenloch.

"Erschrecke den jetzt nicht", sagt Monika.

"Das kann einen Schaden geben."

"Der dreckige Finger in der Nase aber auch", antwortet Toni.

"In unseren Gebirgsnasen sicher nicht", antwortet Monika. Die scheint sich gut aus zu kennen. Sie weiß, wie die trockene Bergluft in den Nasen wirkt. Was liegt da näher, als mit der Zeigefinger - Brechstange für frische Luft zu sorgen.

"Hoffen wir wenigstens, der Popler verzichtet auf den folgenden Gaumengenuss dieser Spezialität."

Und siehe, der schmeißt das Ergebnis der Erkundung nach einem genussvollen Rollvorgang des geborgenen Naseninneren, weg. Und von dem Boden, will sicher keiner essen.

Toni klopft jetzt etwas lauter. Die Scheibe im Rahmen klappert. Der Arbeiter hört das und geht zur Tür.

Die Zwei stellen sich vor. Micha, der Straßenarbeiter, streckt die Hand zum Gruß aus. Monika verzichtet.

Toni nimmt den Gruß sehr bescheiden an und fragt gleich, ob es hier eine Toilette gibt. Micha zeigt sie ihm. Toni wäscht sich gleich die Hände. Das Handtuch weckt kein Vertrauen. Toni verzichtet.

"Wir wollen eigentlich nur wissen, ob sie hier eine mobile Feuerwehrleiter haben."

"Einen Anhänger meinen sie?"

"Ja."

"Haben wir hier. Das brauchen wir für Arbeiten am Hang, wenn es Steinschläge gegeben hat."

"Haben sie von dem Unfall des Radfahrers Marco gehört?"

"Traurig. Ich war ein Fan von dem. Wie der die Berge rauf ist, einzigartig."

"Wie kommst du denn auf Arbeit?"

Eigentlich müsste Micha am toten Marco vorbei gekommen sein.

"Ich komme nicht über die Straße. Ich komme von dem Gut da oben."

"Du nimmst also den kurzen Weg zu eurem Stützpunkt."

"Aber sicher."

"Und was machst du hier?"

"Ich pflege unsere Technik hier. Halte sie instand. Kleinere Reparaturen mache ich gleich hier in der Werkstatt."

"Da hast du viel zu tun."

"Das kannst du so sagen."

"Wo sind deine Kollegen?"

"Die kommen hier nur her, wenn sie spezielle Technik oder Reparaturen benötigen. Ansonsten fahren sie mit ihren Dienstfahrzeugen auch nach Hause."

"Das ist billiger für sie."

"Ganz sicher."

"Du hast es fein hier. Zu Fuß zum Arbeitsplatz in der Nähe. Was verdienst du hier?"

"Nicht die Welt. Wir haben aber einen eigenen Hof."

"Zum Glück. Sonst hätten wir keinen Straßendienst in Südtirol."

"Wird die mobile Leiter oft bestellt? Auch von Kollegen und Bauern aus dem Ort?"

"Eigentlich ist das verboten. Wegen dem Brandschutz. Die Leiter ist aber nur für absolute Notfälle vorgesehen. Als Reserve."

"Wie macht ihr das mit dem Abholen der Leiter?"

"Ja. Die Kollegen rufen an oder sagen Bescheid. Ich stelle sie dann vor unsere Garage."

"Und wie wird sie zurück gegeben?"

"Sie steht dann am kommenden Tag wieder hier."

"Du weißt aber immer, wer sie hat."

"Das muss ich wissen. Wegen dem Ernstfall."

"Kann man die Leiter mit jedem Auto transportieren?"

"Wenn du eine Kupplung hast, sicher. Die ist nicht zu schwer."

"Danke, lieber Micha, du hast uns sehr geholfen. Jetzt kommt aber die entscheidende Frage. Stand die Leiter am Todestag von Marco vor der Garage?"

"Ja."

"Mensch! Ich hätte die gebraucht und habe extra eine Hebebühne aus Schlanders kommen lassen."

"Das hättest du hier, billiger gehabt."

Toni schlägt sich an die Stirn. Monika schüttelt den Kopf.

"So ist das, wenn man in einem Land lebt, sich scheinbar auskennt und nicht mit seinen Nachbarn spricht."

Toni denkt sich seinen Teil. Die Mörder von Marco haben sicher mit der mobilen Leiter gearbeitet. Er ruft

Marco an, um dort Proben zu ziehen. Vielleicht findet sich sogar ein Hinweis darauf, wohin die Leiter bewegt wurde. Oder gar dafür, was auf der Leiter befördert wurde. Fingerabdrücke und Genproben wären vielleicht hilfreich. Trotzdem haben Toni und auch Monika schon ihren Verdacht.

Die Spuren

Jetzt möchten sie noch Perone vernehmen. Der ist wie vermutet, im Suldenklotz. Toni rechnet mit einem schönen Essen bei Julia.

Kaum sind sie angekommen, treffen sie Perone mit Julia zusammen am Tisch. Zwei Plätze sind noch frei. Julia bestellt für die Zwei auch ein Menü.

Perone ist jetzt vielleicht etwas gesprächiger als das letzte Mal. Julia wird ihn schon aufreizen dazu.

Das Gespräch am Tisch geht scheinbar um Julia. Die eng anliegende Hosen die sie trägt. Oder gar um den Blusenausschnitt. Perone scheint verzaubert. Monika fragt auch nicht Perone direkt, ob sie schon etwas erfahren hat. Nein. Sie fragt Julia. Die Drei hoffen jetzt darauf, Perone würde sich eifrig einmischen, wenn er mit reden kann.

Als sie beim Thema der Erfindungen sind, mischt sich Perone ein. Julia hat einfach etwas Falsches behauptet. Marco P. hätte bei ihr eine große Feier bestellt, um seine großen Erlöse zu feiern. Genau das Gegenteil war der Fall. Marco wollte bei Julia mit Perone abrechnen. Perone hatte schon Angst. Der Skandal um neue Pedalen und Schuhe hätte ihn nicht nur sein Vermögen gekostet. Nein. Seine Karriere stand auf dem Spiel.

Die Neuentwicklungen bei Perone waren einfache Kopien der Erfindungen Marcos. Und das hat er bemerkt. Nicht nur das. Auch die anderen Teams hatten bei ihm nicht bezahlt. Er hat von den Überweisungen an seine Familienmitglieder gewusst. Die Überweisungen waren aber viel zu gering. Er wollte von den Teams die Restbeträge. Julia hat darüber mit Marco gesprochen.

Perone versucht mehrmals, sich heraus zu reden. Ganz nebenbei sagt er aber Etwas über die Sponsorenverträge. Unter den Sponsoren gab es erheblichen Streit. Es geht um die Werbeflächen, deren Größe, Platzierungen und um gezahlte Gelder. Und ausgerechnet die Südtiroler Baufirma - Ziegel ist mit dabei. Deren und andere versprochene Zahlungen fließen nicht. Perone hat deshalb etwas Angst.

"Ich will nicht wie Debeule enden", hat er gesagt.

Die großen Sponsoren, ob Teilehersteller oder die Produzenten von Schokolade und Getränken, zahlen nur, wenn die Anderen auch zahlen. Sie berufen sich auf den Gemeinschaftsvertrag, der die Bereiche, für die bezahlt wird, genau definiert.

"Wir haben vier Hotels voller Verdächtiger", sagt Toni. "Ich kann Euch nicht fahren lassen."

Die Drohung schmerzt Perone. Er überlegt. Julia bestellt das Dessert. Sie hofft, Perone damit etwas auf zu weichen.

"Ich glaube, Debeule wollte auspacken."

"Wissen sie vielleicht an wen?"

"Er hat eine stattliche Summe bekommen. Ich weiß nicht, wer bezahlt hat."

"Und wo ist das Geld gelandet?"

"Ich dachte erst, es wäre auf seinem Zimmer. Dort war es nicht. Ich habe da nach geschaut."

"Heimlich?"

"Ja. Er war beim Essen."

"Hat er sie erwischt? Haben sie ihn deswegen erschlagen?"

"Nein. Da muss noch etwas Anderes sein. Ich war allein und viel früher als am Tag seines Todes."

Monika und Toni bedanken sich für das Gespräch. Perone bezahlt den Abend.

"Jetzt müssen wir den Hausmann zu Hause besuchen", sagt Toni zu Monika.

Sie fahren nach Stilfs. Das Gut liegt etwas außerhalb. Im Ort kennen sich die Beiden mittlerweile gut aus. Der Hausmann ist gerade mit der Fütterung beschäftigt. Die Zwei grüßen freundlich und stellen sich vor.

"Franz. Was wollt ihr?"

"Wir möchten gern mit dir über die Tätigkeit im Hotel Mücke reden."

"Ja? Ich arbeite aber nicht nur dort."

"Was machst du dort?"

"Meist die Grünanlagen und etwas am Bau."

"Wir sind hier wegen des Mordes an Debeule und an Marco, dem Rennfahrer."

"Ich bin ein Fan von Marco."

"Kennst du Goran?"

"Das ist der Hausmeister vom Mücke. Der kümmert sich um die Zimmer und so."

"Benutzt ihr gemeinsam die Werkstatt im Keller?"

"Aber sicher."

"Arbeitet Goran auch in den anderen Hotels?"

"Ich denke, etwas - ja."

"Arbeitest du auch beim Ziegelbau?"

"Nur, wenn dort Grünschnitt ist."

"Du sammelst also den Grünschnitt für dein Futter?"

"Genau."

Die Zwei bedanken sich und verschwinden.

"Mit seinen Fingerabdrücken können wir wenig anfangen. Das gehört einfach zu seiner Arbeit. Bei Goran wird das nicht viel anders sein."

Bei den Beiden setzt sich die Erkenntnis durch, den Mord an Debeule muss ein sportlicher, kräftiger Typ begangen haben. Für sie kommen, außer den Sportlern selbst, ehemalige Sportler, Kellner oder Köche in Frage. Natürlich auch sportliche Hausmänner. Im Grunde geht es nicht um das Erdrosseln selbst, sondern um die Reaktion des Angegriffenen. Und die kann in der Not, sehr heftig ausfallen. Der Mord muss eine Art Notwendigkeit in den Augen der Täter sein. Er muss sicher erfolgen. Wer käme jetzt noch in Frage? Vielleicht Bauarbeiter, die oft schwere Gegenstände bewegen müssen? Die Zwei rätseln. Vielleicht hilft noch eine kleine Tour zu den Dänen. Die haben angeblich alle Erfindungen selbst konstruiert.

Sie müssen nach Trafoi in den Schönblick. Sie rufen Claudia an. Claudia reserviert ihnen einen Platz im Speisesaal. Zur Jause. Die Hausgäste wollen auch eine Jause.

Kaum sind sie da, kommt Claudia und bringt sie in den Speisesaal. Die ganze Mannschaft ist da. Sie wollen eine Trainingsbesprechung machen. Toni fragt Claudia, wo die Räder stehen.

„In der Garage."

„Alle? Oder sind noch ein paar in den Bussen auf dem Parkplatz?"

„Dort sind auch welche drinnen."

Die Servicewagen wurden wahrscheinlich aus abgedienten Reisebussen gebaut und neu lackiert. Anhand ihrer Informationen können sie jetzt kontrollieren, was Nachbauten sind und welche Teile eventuell wirklich selbst entwickelt wurden. Sie möchten die Teile lediglich fotografieren und dann wieder verschwinden. Ein paar Räder reichen dafür. Kaum sind sie in der Garage, kommt glatt Lucas dazu.

„Was wollt ihr hier?"

„Wir brauchen Fotos von den Rädern. Auch von denen draußen im Bus."

„Habt ihr einen Durchsuchungsbefehl?"

„Natürlich. Wir ermitteln im Mordfall Debeule und Marco. Wir kennen uns und hoffen, sie machen jetzt keine Probleme."

„In welchem Zusammenhang ermittelt ihr dann hier?"

„Wir haben die Einzelabrechnungen der Zahlungen für Marcos Erfindungen mit den technischen Daten."

„Okay. Ich helfe euch nicht bei der technischen Erklärung der Teile. Ihr müsst das selbst beurteilen."

„Sagen sie bitte Mikkel Bescheid. Wir warten auf ihn hier."

Lucas verschwindet. Es dauert keine fünf Minuten und Mikkel kommt schimpfend in die Garage.

„Wann haben wir endlich Ruhe vor euch?"

„Wenn die Fälle geklärt sind. Wir haben die dänische Polizei informiert und gebeten, bei ihnen die Unterlagen ihrer Erfindungen zu suchen. Die sind gerade in ihren Räumen zu Hause."

Mikkel ruft schnell zu Hause an. Tatsächlich. Die Polizei nimmt das Gespräch entgegen.

„Sie haben zu uns gesagt, sämtliche Erfindungen an ihren Rädern sind von ihnen", sagt Monika, fast schon drohend.

Mikkel beruhigt sich etwas. Jetzt versucht er es auf die freundschaftliche Tour. Offensichtlich wollen die Beamten zu Hause wissen, wo die Unterlagen liegen. Toni hört etwas mit. Er versteht nur ein paar Brocken, die dem Deutschen ziemlich ähneln. Mikkel teilt ihnen mit, wo sie angeblich liegen. Wie scheint, möchte er Zeit gewinnen. Das verrät zumindest sein Gesichtsausdruck. Monika schüttelt mit dem Kopf in Richtung Toni.

Nach dem Gespräch sagt Toni,

„wir gehen davon aus, sie haben keine Unterlagen dazu. Die benötigen sie aber für die Rennen und die technische Zulassung. Auch bei uns im Straßenverkehr."

Jetzt geht Mikkel das Licht auf. Er versucht, zu verhandeln.

„Ist das wirklich so wichtig? Wir sind doch in den Bergen."

„Gerade da ist es wichtig."

„Okay. Wir haben diverse Neuentwicklungen kopiert."

„Habt ihr dafür bezahlt bei Marco?"

„Marco war bei uns und hat Geld gefordert."

„Hat er euch eine Frist gesetzt?"

„Meine Chefs haben das abgelehnt. Sie wollten es auf ein Verfahren ankommen lassen."

„Ja. Aber die technische Abnahme wäre damit gescheitert."

„Meine Chefs waren der Meinung, sie hätten das im Griff."

„Ihr seid damit Hauptverdächtige bei uns. Wir müssen von Allen, Proben ziehen und Alle vernehmen."

„Meine Chefs sind heute in Bozen mit angekommen."

„Gut. Ich rede mit Marco in Bozen."

Toni telefoniert mit Marco. Marco bestätigt die Aussage.

„Wir werden eine Hausdurchsuchung machen. Klebt bitte überall Siegel. Auch an die Fahrzeuge."

„Heute Abend noch?"

„Sofort. Ich habe das den Managern schon gesagt."

„Also seid ihr schon auf dem Weg?"

„Aber sicher. Die Prader Kollegen werden gleich klingeln bei dir."

Toni gibt schnell Claudia ein Zeichen. Claudia weiß es schon. Toni staunt.

Kaum haben sie das Hotel verlassen und an die Kollegen von Prad übergeben, klingelt das Telefon. Lucas, der Trainer ist dran.

„Ich muss meine Jungs dopen."

„Eigentlich sind wir keine Dopingkontrolleure. Unsere Prader Kollegen stehen ihnen gern zur Verfügung. Wir haben zwei Morde aufzuklären", antwortet Toni.

„Das hat aber sicher mit den Substanzen zu tun."

„Kommen sie bitte in das Hotel Prad zu Luise. Dort warten wir auf sie."

„Ich kann aber nicht ohne Weiteres das Hotel verlassen."
„Dann lassen sie sich bitte von den Kollegen aus Prad verhaften. Ich rufe sie an. Sie wissen dann Bescheid."
„Gut. So machen wir das."
Toni ruft umgehend Carlo an. Seppi ist auch zugegen. Ihm sagt Toni auch Bescheid. Keine zehn Minuten vergehen und Seppi meldet die Verhaftung von Lucas. Luise richtet schon die Kaffeetafel auf der Terrasse. Sie hat frischen Strudel gebacken.
Toni ist kaum da, kommt auch schon Seppi mit Lucas. Lucas packt aus, die Mannschaften würden ein neues Spanisches Mittel nutzen. Marco wollte für sein Schweigen, Geld. Von jedem Team. Besonders von Duftspray, weil die das Mittel vertreten. Er selbst ist der Vermittler. Monika bleibt fast der Atem stecken. ,Wieso packt der gerade jetzt aus?", denkt sie sich. Luise steht daneben und hört das auch. Toni gibt ihr mit den Augen ein Zeichen, sie sollte das Gespräch lieber vergessen.
„Ich mache euch mal frischen Kaffee. Wollt ihr noch etwas Eis?"
Seppi ist dafür, Lucas unter Schutz zu nehmen.
„Das würde unnötig Verdacht aufkommen lassen", antwortet Toni. Er glaubt viel aber nicht Alles. Lucas selbst ist wegen seiner Statur durchaus verdächtig, Debeule ermordet zu haben. Das aber sagt Toni nicht.

Er denkt sich das, wenn er Lucas so ansieht. Und Debeule war ein ernsthafter Gegner der Tätigkeit von Lucas. Es könnte auch sein, Debeule fühlte sich etwas vernachlässigt bei den ausgereichten Geldern. Aus diesem Grund, hat er es mit Erpressung versucht. Langsam bekommen Toni und Monika ein Bild des Vorganges. Das melden sie auch so an Marco in Bozen. Sein Chef, Marco, ist begeistert vom Vorgehen der Beiden.

Die Erkenntnisse aus Lucas' Aussagen sind trotzdem recht zielführend. Sie bestätigen den Zusammenhang mit leistungssteigernden Substanzen. Natürlich auch die inoffizielle Feindschaft der einzelnen Sponsoren. Die Leid tragenden Akteure - die Fahrer, sind Marionetten einer höheren Gewalt. Toni schätzt, im gesamten Profisport, auf ein gleiches Ergebnis zu stoßen. Wenn sie da genauer hinschauen müssten. Seine Bewunderung für Sportler lässt augenblicklich nach. Er schüttelt den Kopf.

Lukas wird bereits wieder in sein Hotel gefahren. Seppi hat das übernommen. Er wird jetzt sicher von seinen Kollegen ausgefragt. Das Misstrauen im Team ist nach Tonis Plan. Er erhofft sich mehrere Aussagen einzelner Mitglieder.

Bei der Hausdurchsuchung wurden die entsprechenden Substanzen gefunden. Sie wurden nicht einmal sonderlich versteckt. Wahrscheinlich standen die Mittel kurz vor ihrer Zulassung. Das überlassen die Carabinieri den Instanzen und Gerichten. Der Nebengewinn dieser Aktion sind die umfassenden Genproben und Fingerabdrücke aller Teammitglieder. Die Labore haben wieder voll zu tun. Trotz aller Suche, wurden keine Geldbeträge gefunden. Zumindest keine nennenswerten. Und das macht Monika stutzig.

„Die Bezahlung wird doch in bar abgewickelt. Sicher nicht über Konten", sagt sie zu Toni.

„Das könnte vielleicht der Grund sein, warum das Team Fickel so schnell in die Schweiz geflüchtet ist."

„Denkst du?"

„Naja. Denen ihr Tross war groß genug."

„Die Schweizer Behörden werden doch genau hin geschaut haben."

„Ich denke, es gibt genug Möglichkeiten, Geld zu transportieren."

„Sollten wir Kontakt aufnehmen?", fragt Monika.

„Ich denke, das wäre sinnlos. Wir könnten das nur über einzelne Rennfahrer erfahren."

Monika erinnert Toni an das Ehepaar Gillen im Hotel Mücke. Das ist der Ersatzmanager, der immerhin weiß, welche Zahlungen geleistet wurden und welche noch anstehen.

"Ich verliere langsam den Überblick", sagt Toni.

"Keine Angst. Dafür bin ich ja da. Oder brauchst du jetzt eine Sekretärin?"

"Mit dir? Sicher nicht."

"Ich habe aber den Verdacht, wir konzentrieren uns zu sehr auf Doping", sagt Toni.

"Glaubst du nicht, die Täter sind in dem Umfeld zu finden?"

"Nicht wirklich."

"Ich denke, die Täter sind bei den Sponsorengeldern und Sponsoren zu finden. Wir brauchen die Verträge."

"Denkst du, wir bekommen die jetzt nach dem Tod von Debeule?"

"Deswegen müssen wir mit Gillen reden."

"Und mit den anderen Managern?"

"Sicher auch. Vor allem mit denen von Draft."

"Wieso Draft?"

"Weil die sich verdrückt haben."

"Ich denke, die haben sich eher wegen dem Dop verdrückt."

"Kann sein. Trotzdem müssen wir das überprüfen."

"Werden uns die Gendarmen aus Österreich helfen?"

"Da habe ich Zweifel."

"Marco muss das veranlassen. Ansonsten, sind die ja zum Rennen in Verona."

"Wir müssen Marco fragen, ob er das übernimmt."

"Wir gehen noch einmal bei Luise vorbei und fragen Renato oder Marisa nach den Verträgen."

"Die anderen Kassierer haben sicher auch solche Unterlagen."
Ansonsten müssen wir sie fragen, ob sie ehrlich zu einander sind und uns ihre Überweisungen und Auszüge zeigen."
"Das ist ein guter Vorschlag."
"Marisas Kontodaten haben wir ja. Die anderen fehlen noch."
In Prad gibt es einen kleinen, intensiven Schauer. Die Zwei gehen zu Fuß ins Hotel Mücke. Die Luft ist jetzt bedeutend frischer als vorher. Der Regen war fast notwendig. Irgendwie wirkt das Hotel immer noch wie belagert. Toni schätzt, die Überwachung wird jetzt in zivil fortgesetzt. Er sieht kaum Uniformen, dafür aber reichlich neue Gäste. Die haben ausgerechnet Anzüge an. Eine Seltenheit in Touristenunterkünften. Das sieht so aus, als wäre eine Tagung im Gange. Monika lacht.
An der Rezeption fragen sie nach Gillen.
"Der ist etwas spazieren gegangen", antwortet Gerda, die Chefin.
"Du hast aber auch einen ganz schönen Arbeitstag", scherzt Toni.
"Die Saison ist zu kurz bei uns."
"Wir werden uns etwas hinsetzen und warten."
"Wollt ihr Etwas trinken oder essen?"
"Hast du Etwas übrig?"

"Wir müssen immer mehr kochen als bestellt wird. Einige bestellen ab - überlegen es sich aber anders; Andere kommen, ohne zu bestellen zum Menü. Und dann noch die kurzfristigen Anreisen."

"Also zählen wir jetzt zu den kurzfristigen Anreisen."

Alle lachen.

"Einen Aperitif gefällig?", fügt Gerda an.

Toni schaut Monika in die Augen. Monika nickt. Das gilt als Bestellung.

"Ich habe unsere Sauerkirschen in Grappa und Rum eingelegt. Wollt ihr so Etwas probieren?"

"Gerne."

Nach dem ersten Schluck sagt Toni:

"Stell uns mal bitte das ganze Glas her."

"So gut schmeckt das?", fragt Gerda.

"Du kannst Monika mal das Rezept verraten."

"Nein. Monika ist meine Konkurrenz."

"Was? Deine Gäste kennen die Boxerhütte?"

"Fast alle, denke ich."

Monika staunt. Das ist immerhin fast fünfzig Kilometer entfernt.

Gillen betritt des Foyer. Als er die Beiden sieht, will er umkehren.

"Woher kennt der uns?", fragt Moni.

"Die schwarzen Kanäle arbeiten auch hier", sagt Toni. Er schnappt das Telefon und klingelt seine Kollegen vor dem Haus an. Die haben vorher schon den

Ausgang blockiert. Gillen kommt wieder. Meule ist bei ihm. Toni rollt mit den Augen. Meule sieht er das erste Mal. Die sieht aus wie ein Modell. Gillen wie ein Kraftsportler.

"Haben die Zwei das Menü gegessen?", fragt Toni Gerda.

"Schon. Die bestellen Alles um. Die haben zwanzig Krankheiten."

"Das sieht man", sagt Monika und lacht.

Monika meint sicher Meule. Meules Beine sind so dick wie Monikas Arme.

Die Zwei kommen an die Bar im Foyer.

"Sie sind der neue Manager von Schoko?"

"Ja. Nur vorübergehend."

"Hat das Perone nicht gleich übernommen?

"Perone managt nur bestimmte Fahrer. Das sind unsere Gastfahrer."

"Also, gemietet."

"So kann man das sagen."

"Gab es Streit zwischen Debeule und Perone?"

Toni möchte etwas ablenken. Monika schaut sich genau seinen Gesichtsausdruck an. Meule bestellt sich inzwischen ziemlich laut, ein Glas Prosecco.

Gerda fragt, ob sie Amarene mit dazu möchte. Meule nickt.

"Es gab die üblichen Mannschaftsdiskussionen."

"Sind sie der Chef von Debeule und Perone?"

"Sie meinen, der Generalmanager?"

"Ja."

"Das bin ich. Ich arbeite direkt für Schoko."

"Da sind Sie auch für die Neuentwicklungen zuständig?"

"Ja."

"Sind sie auch für die Zugaben verantwortlich?"

"Welche Zugaben?"

"Die leistungssteigernden."

"Ja."

"Sind die Mittel schon zugelassen?"

"Nicht alle. Dafür sind wir ja hier."

"Wie sieht das mit den technischen Ausrüstungen aus?"

"Das ist auch meine Aufgabe."

"Haben sie zufällig die Belege für die Zahlungen an ihre Partner?"

"Alle Zahlungen laufen nicht über mich. Oft zahlen auch einzelne Fahrer extra. Die haben noch extra Sponsorenverträge."

"Und die müssen sie alle unter einen Hut bringen."

"Genau das, ist meine Aufgabe."

"Wo waren sie als Debeule ermordet wurde?"

"Sicher hier, im Ort oder bei speziellen Sponsoren. Wann genau war es denn?"

"Kennen sie den Ziegel Bau?"

"Ja. Da war ich die Tage."

"Gab es dort Probleme?"

"Nicht mit uns. Eher mit anderen Mannschaften."

"Ah. Das hat mit einzelnen Sponsorenverträgen zu tun?"

"Die Fahrer bringen oft Sponsoren selbst mit. Und die müssen wir mit platzieren."

"Gibt es dabei Streit?"

"Oft."

"Hat sie Debeule erpresst?"

Jetzt verändert sich die Gesichtsfarbe von Gillen etwas.

"Ja und nein."

"Wie darf ich das verstehen?"

"Er wollte bei diversen Medien auspacken."

"Was?"

"Das ist jetzt nicht offiziell. Nur für sie! Unsere Hilfsmittel waren oft nicht zugelassen. Sowohl technische als auch medizinische. Wir haben das mittels Spenden an den Verband geklärt. Und das wollte er publik machen."

"Mich interessieren noch die Zahlungen für die Erfindungen Marcos."

"Ja? Und?"

"Haben sie die Überweisungen oder Zahlungsnachweise?"

"Wir machen das in aller Regel per Überweisung. Das ist der Nachweis für die Nutzung dieser Erfindungen. Ich kann ihnen das gerne zusammen stellen."

"Das wäre uns Recht. Danke. Morgen?"

"Das kann ich sofort erledigen."

Gillen geht. Seine Meule bleibt bei Monika und Toni. Meules Stimme klingt etwas piepsend. Toni hätte diese Stimme eher von einer Asiatin erwartet. Zu Hause würde er ihre Stimme eher als lästig empfinden. Zumindest, als gewöhnungsbedürftig. Gillen kommt wieder. Die Unterlagen trägt er in seiner großen Hand.

"Sind von ihnen schon die Fingerabdrücke genommen worden?"

"Nein."

"Können wir das nachholen?"

"Gerne."

"Das machen wir Draußen. Nicht hier."

Die Carabinieri haben auf dem Parkplatz das Auto stehen. Dort können sie die Proben nehmen. Monika begleitet Gillen.

Für die Genproben nehmen sie von Gerda einfach die Gläser mit.

"Bringt mir die ja wieder. Die waren teuer", scherzt Gerda.

Jetzt müssen die Zwei wieder zu Luise. Sie richten von Gerda einen Schönen Gruß aus. Die Familie soll sich bitte im Speisesaal oder im Garten treffen. Es ist schon ziemlich spät. Der Speisesaal scheint die bessere Wahl zu sein. Die Gartenstühle sind sicher auch noch nicht trocken.

Alle kommen. Toni fordert sie auf, ihre Kontoauszüge und Kontostände zu zeigen. Alle sind einverstanden. Bei Einigen müssen sie das Online ausdrucken. Schon beim Betrachten der Buchungen fallen Unregelmäßigkeiten auf. Vor allem bei Umberto, Debora selbst und Paolo. Paolo ist der Techniker von Marco. Er wird rot im Gesicht. Colo wollte erst sein Konto nicht zeigen. Ein finsterer Blick von Toni hat gereicht. Und das war nicht umsonst. Offensichtlich ist Marco von seinem gesamten Team, reichlich beschissen worden.

Jetzt gleicht er das mit den Auszügen von Gillen ab. Bei Gillen sind auch die Barbehebungen sichtbar. Bei der Familie und deren Umfeld, sieht er die Einzahlungen in gleicher Höhe. Toni geht ein Licht auf. „Ihr habt euren Marco, der das Geld verdient hat, um eine halbe Million beschissen!"

Die Familie schämt sich. Toni muss raten, ob das gespielt oder ernst ist.

Die Frage ist jetzt, wer hat den Mörder Marcos gestellt oder bestellt. Die Telefondaten werden wichtig. Die Anruflisten liegen noch bei Toni auf dem Zimmer. Monika holt sie.

Jetzt, nachdem Toni soweit ermittelt hat, muss er wissen, wer mit Gillen telefoniert hat. Auf Gillen und seine Nummer hat keiner geachtet bei dem ersten Abgleich. Und siehe, Debora hat neben Renato, sehr oft mit Gillen telefoniert. Eigentlich reicht das, Debora und Gillen vorerst festzusetzen. Aber beim genauen Hinschauen, bemerken sie die häufigen Telefonate Umbertos mit Gillen. Und jetzt findet Monika den Clou. Paolo und Colo haben in recht gleichen Abständen von etwa zwei Wochen mit Gillen telefoniert. Auch noch, als sie zeitweise zu Hause waren.

Die Monika vermutet jetzt, die Zwei haben bei Gillen auf der Gehaltsliste gestanden. Und zwar, regelmäßig. Jetzt vergleicht sie schnell die Zahlungseingänge bei den Zweien mit den Telefonaten. Wahrscheinlich hat es immer einen Anruf benötigt, um das Geld zu bekommen.

Das gleicht den Aussagen diverser Teams, die versprochenen Gelder wären kaum geflossen und wenn, dann unzureichend. Das stellt Monika beim Überfliegen der Unterlagen fest. Wenn jetzt noch hart geprüft wird, kommen die restlichen achtzig Prozent heraus.

Sie sagen umgehend Marco Bescheid. Marco ruft seinen Chef - Marco an und der veranlasst die Verhaftung der Manager. Ein paar der Manager sitzen bereits bei der Landesregierung und betteln um die Einstellung der Ermittlungen. Mit dem Telefonat Marcos, erübrigt sich die Frage. Der Landeshauptmann bestätigt seine Machtlosigkeit in der Beziehung. Vor seiner Tür warten bereits die Carabinieri, die betreffenden Manager festnehmen zu können.

„Die sind sogar bis zum Landeshauptmann gegangen", lacht Monika. Toni muss mit lachen. Luise hört das und schüttelt mit dem Kopf.

Die Zimmer von Colo und Paolo werden versiegelt. Auch die Zimmer der Familienmitglieder. Mama Julia kommt aus den Tränen nicht mehr heraus. Pedro sagt:

„Ich habe auch Geld bekommen von Gillen. In bar."

Die Spurenauswertung

Die Menge an Spuren hat die Ermittlung teilweise
schwer behindert. Marco musste wie Monika, die
Spuren sortieren und zuordnen. Toni hält sich aus
dieser Fummelei heraus. Er ist der Zuträger.
Die sich jetzt ergebenen Spuren führen zu konkreten
Verdächtigen. Die werden jetzt einzeln zu Verhören
vorgeladen.
Toni fällt ein, er hat ganz wichtige Männer vergessen,
zu vernehmen. Den oder die Köche und die restlichen
Kellner. Es sind genau drei Kellner und drei Köche. Die
möchte Toni jetzt unabhängig der Auswertung noch
besuchen. Beim ersten Versuch waren sie kaum
erreichbar. Hier muss Toni etwas hartnäckiger zu
Werke.
Er nimmt sich die zugesandten Unterlagen vom
Arbeitsamt, um festzustellen, wer jetzt wo arbeitet.
Wie es scheint, artet das zu einer Rundreise in Südtirol
aus. Die Köche sind alle, Gastarbeiter. Die Kellner
auch. Toni vermutet, sie wohnen an ihrem
Arbeitsplatz.
Bei Einigen war er schon. Jetzt ist der Rest dran.
Bei den Kellnern hat er Glück. Die haben gemeinsam
im Brauereigarten der Forst angefangen. Bei den
Köchen ist es etwas komplizierter. Einer arbeitet in
Schenna, einer in den Lauben in Bozen und der letzte,

in einer Arbeiterversorgung in Sterzing. Zum Glück ist das ein Restaurant, das vornehmlich von Arbeitern zur Mittagszeit genutzt wird. Toni vermutet, dort fahren auch diverse Busveranstalter hin. Wie gewöhnlich, suchen diese Veranstalter günstige Betriebe, in denen das Essen eine annehmbare Qualität bietet. Verhungern wird Toni jedenfalls nicht. Zuerst wird er sich um Meran kümmern. Mit dem Motorrad kann er leider nicht bis dahin fahren. Er stellt sein Moto auf die andere Seite der Passer. Vor einem Hallenbad mit Hotel sind oft ein paar Parkplätze für Zweiräder frei. Monika wollte in dem Hotel einmal Koch werden. Sie ist von dem Managern darin ausgelacht worden bei ihren Lohnforderungen. Das Restaurant an der Passer, Frissmich, hat eine Terrasse. Wer in der Umgebung gerne etwas zu sich nimmt, liebt es nahezu, von tausenden Menschen beobachtet zu werden beim Essen. Toni würde hier keinen Bissen runter bekommen.

Im Restaurant ist schon das Personal da. Die Bedienungen säubern das Restaurant und richten die Tische her. In der Küche wird schon gekocht. Es riecht nicht gerade Appetit anregend. Toni stellt sich vor. „Ich suche Geza, den Koch. Ist der schon auf Arbeit?" Der Chef des Hauses, Klaus, schickt schnell eine Kollegin in die Küche. Sie bringt Geza mit. Wie vermutet, ist Geza ein kräftiges Kerlchen. Der Statur nach. Geza ist Ungar. Er hat zeitweise in der Mücke in Prad gekocht. Toni stellt sich vor und wartet nicht lange mit der Befragung.

„Haben sie im Hotel Mücke gekocht?"

„Ja. Zur Probe. Das war nichts für mich."

„Haben Sie in Schlanders im Betrieb Ziegel gekocht?"

„Wo ist das?"

„Kennen sie Norbert und Sara?"

„Nein. Wer ist das?"

„Danke. Das war es schon. Viel Glück auf dieser Stelle."

„Das wird wohl auch nichts für mich. Traurig."

Toni schwitzt schon etwas. Der Fußmarsch in Motorradsachen über die Passer ist recht anstrengend. Er kann die Stadtverwaltung nicht verstehen. Die Parkplätze stehen voller Geländeautos und er darf nicht mit einem Zweirad zu dem Restaurant fahren. Er schüttelt den Kopf. Ständig wird er zu irgendwelchen Investitionen gezwungen. Heute ein Rucksack und morgen einen abschließbaren Heckkoffer für das Motorrad. Vielleicht kommt noch die Zeit, in die Stadt nur noch von sechs bis sieben Uhr bis morgens fahren zu dürfen. Er darf dann in Motorradsachen warten, bis neun Uhr die Geschäfte und Büros öffnen.

Das kommende Ziel ist Schenna. Bis jetzt hat er für drei Fragen schon drei Stunden benötigt. Wenn das so weiter geht, wird er für die restlichen fünf Befragungen, sechs Tage benötigen. Das ist ein wahrer Fortschritt.

Nach Schenna muss er durch die Stadt fahren. Das findet er bequemer als über Sinich. Zumindest um diese Zeit.

Im Hotel Bergtroll trifft er die Gesuchten. Der Kellner Karol und der Koch - Slavo, sind beide Slowaken. Auf die Frage, wir lange sie in Prad gearbeitet haben, antworten Beide wie Geza:

„Sehr kurz. Dort konnte man es nicht aushalten."

Toni schätzt, ein weiterer Slowake wird dort nicht wieder anfragen. Das spricht sich schnell herum.

‚Irgend einen Schutz brauchen die Gastarbeiter. Auch, wenn es ein Selbstschutz ist', denkt sich Toni.

„Haben Sie in der Betriebsküche von der Baufirma Ziegel gearbeitet?"

Toni fragt das nicht umsonst. Er hat einen Vermerk entdeckt vom Arbeitsamt. Er möchte jetzt feststellen, ob die Zwei lügen.

„Nein", sagen Beide wie aus einem Guss.

Toni hält ihnen den Ausdruck hin. Er hat einen Ansatz für eine kleine Erpressung. Die Zwei werden rot.

„Ich möchte gern mal eure Autos sehen. Wo stehen die?"

Toni weiß von der Vorliebe für Autos bei seinen Slowakischen Freunden.

„In der Garage. Wir bringen sie hin."

Zuerst geht Toni an der Rezeption vorbei. Er möchte irgend einen Chef treffen.

„Der Chef ist zur Jagd. Die Chefin ist oben."

„Rufen sie bitte die Chefin."

Es dauert nicht lange und die Chefin ist da. Sie stellt sich mit Zofia vor.

„Das ist aber nicht hiesig", sagt Toni, obwohl er schon ihren Akzent bemerkte.

„Das ist Polnisch. Stimmt Etwas nicht?"

Mit der Frage drückt sie Toni gleich in die Defensive.

„Woher sind Karol und Slavo?"

„Das sind unsere Slowakischen Kollegen."

„Wie lange arbeiten sie schon bei ihnen?"

Jetzt will Toni heraus bekommen, ob sie lügt.

„Sie sind das vierte Jahr bei uns. Ihnen gefällt es hier."

Das Kompliment hat sie wohl eher auf sich beschränkt. Ihrem Gesichtsausdruck nach zu urteilen, stellt sie die Leute nach ihrem Geschmack ein. Der Chef kommt gerade zurück. Erstellt sich mit Reinald vor.

„Kein Glück gehabt heute?"

„Nichts los."

„Da bleibt der Topf heute leer."

Beide lachen.

„Kaffee oder einen Gespritzten?"

„Kaffee wäre mir schon Recht."

„Was will den die Kripo bei uns?"

„Ja. Wir suchen immer noch die Täter vom Mord an Marco. Ein neuer Mord ist dazu gekommen. Debeule, ein Manager."

„Ich hab es schon gelesen."

„Wir interessieren uns für Karol und Slavo."

„Was ist mit den Zweien?"

„Der Mörder muss in irgendeiner strengen Abhängigkeit stehen. Und da kam uns der Gedanke, es könnten eventuell, Gastarbeiter sein."

„Ja. Aber ausgerechnet die Zwei!"

„Wir haben schon auch mit etwas System gesucht. Glaub mir Reinald. Waren die Zwei in der Saisonpause wo anders arbeiten? Wohnen sie in Südtirol?"

„Die Zwei wohnen im Ort. Sie sind das ganze Jahr hier. Von einer anderen Arbeit weiß ich nichts."

„Wer hat bei dir die Erweiterung gebaut?"

„Im Ort bauen fast Alle mit Ziegelbau. Ich auch."

„Ich habe auf den Trikots der Radfahrer auch eure Werbung gesehen."

„Ich habe dort keine Werbung platziert."

„Hast du noch Bauschulden?"

„Wer nicht?"

„Gut. Das reicht mir. Wir können auf der Terrasse noch etwas den Ausblick über Meran genießen. Halt, ich habe vergessen, mir die Autos der Jungs anzusehen. Kannst du mir die zeigen?"

Sie gehen zusammen in die Garage. Dort stehen die Autos der Zwei. Die gleichen Autos. Sündhaft teuer und ziemlich neu. M5 von Quandt. Die zwei Verkäufe reichen der Familie Quandt, um in der Karibik ein neues Häuschen zu kaufen.

„Ich möchte von euch bitte den Ausdruck aller Telefonate der Zwei und deren Lohnzettel."

„Lohnzettel? Du weißt doch..."

„Okay. Sag mir eine ungefähre Summe."

Reinald nennt sie Zahl.

„Bei wem wohnen die Zwei?"

„Gleich in der Nähe bei Karin."

„Ruf mal bitte an. Ich komme gleich vorbei."

Die Zwei gehen noch etwas auf die Terrasse. Der Blick ist heute wunderschön. Auch der Blick ins hintere Passeiertal.

„Mach mir ja keinen Ärger, Toni", sagt Reinald.

„Ich sage dir Bescheid, wenn Etwas anliegt."

Toni muss das laufend wiederholen. Reinald wirkt etwas unsicher und ängstlich.

Toni verabschiedet sich. Zuerst schaut er aber in der Rezeption ins Gästebuch. Er sucht nach bestimmten Namen. Debeule, Marcos Familie und alle, gegen die er ermittelt.

„Wir machen ihnen Kopien der Seiten", sagt die freundliche Rezeptionistin. Toni bedankt sich und geht mit dem Stapel Papier.

Er will jetzt die Kontodaten von Reinald. Außerdem will er erkunden, wer bei Reinald gearbeitet hat seit seinem Neubau. Die Zwei sind doch nicht die einzigen.

Er ruft Monika an und berichtet von seinen Erkenntnissen.

„Komm erst mal her. Wir haben auch genug Neuigkeiten."

„Ich muss aber erst noch zu Karin", sagt Toni.

„Wer ist Karin, du Schlawiner?"

„Karin ist die Vermieterin der Personalzimmer hier in Schenna."

„Bleibst du in Schenna?"

„Kommt drauf an, wie Karin aussieht."

Die Zwei lachen.

„Komm bitte noch vor Acht."

„Was ist da los?"

„Marco ist noch da. Er ist bei Luise mit eingezogen. Er bleibt bis morgen. Er hat einen Riesenstapel Laborergebnisse mit. Wir sichten das gerade zusammen."

„Ich komme sofort nach dem Besuch von Karin. Das wird nicht lange dauern. Ich will nur erfahren, wer dort noch alles lebt."

„Bis dann. Küsschen."

Toni fährt jetzt schnell zu Karins Mietwohnungen. Tatsächlich leben bei ihr vier Gastarbeiterfamilien.

Zwei aus Pakistan und Bangladesch und zwei aus der Slowakei. Und genau das sind die, die Toni sucht. Toni interessiert aber die Unterkunft wenig. Er will eigentlich nur wissen, was die Mieter an Miete zu drücken haben. Als er den Betrag hört, muss er sich erst Mal setzen. Karin ist besorgt und fragt, ob er etwas zu Trinken braucht. Toni würde jetzt am liebsten einen großen Grappa bestellen. Leider muss er noch fahren.

Beim berechneten Vergleich der zwei Summen, Gehalt und Miete, wird Toni umgehend klar, dort bleibt sicher kein solches Auto übrig. Nicht mal in zwanzig Jahren eisernen Sparens. Irgendwo müssen die Zwei eine Quelle haben.

„Sind die Zwei Slowaken verheiratet?"

„Bisweilen sehe ich ein paar Damen. Aber das sind nicht deren Frauen. Die hätte ich melden müssen."

Mit den Erkenntnissen verabschiedet sich Toni höflich von Karin, die recht hübsch aussieht. Die Nervosität von Monika kann er jetzt verstehen.

Jetzt schwingt er sich auf sein Motorrad und begibt sich in Richtung Prad. Bei dem Treffen mit Marco wird noch Einiges dazu kommen.

Seine Fahrt fällt genau in den Feierabendverkehr. Gerade in Meran, im Vinschgau um Naturns und um Schlanders, ist der Teufel los. Toni fragt sich, ob er ein Motorrad oder ein Laufrad gekauft hat. Seine Füße sind permanent am Boden. Micha, sein Schuster aus Algund, wird sich freuen. Er hat schon beim letzten Sohlenwechsel gefragt, ob Toni Laufrad fährt. Ihm fiel auch auf, die linke Sohle war abgenutzter als die rechte.

Bis Prad braucht Toni über eine Stunde. Das wäre die doppelte Fahrzeit als er gewöhnlich benötigt.

Bei Luise angekommen, berichten die Drei von ihren Erkenntnissen. Das erfordert einen neuen Schlachtplan.

Marco hat alle Manager der Firmen wieder frei gelassen. Auch die Mannschaften, ihre Trainer und Manager. Die Vernehmungen waren sehr aufschlussreich. Mit dem Freilassen ist nicht deren Unschuld bestätigt. Das ist lediglich das Resultat der fehlenden Beweiskette. Bei einer begründeten Schuld wäre das Thema bereits beendet. Und genau deswegen planen die Drei eine neue Strategie. Eigentlich verfügen sie über die Beweisketten, in der alle Teams, vor allem die Holländer, Dänen und Deutsch – Österreicher, wegen Dopings und Missbrauch von Medikamenten angeklagt werden könnten. Dafür besteht aber kein öffentliches Interesse. Sie finden keinen Staatsanwalt, der das bearbeiten würde. Die kriminellen Handlungen im Umfeld dieser Drogen, sind eine andere Liga. Sie sind nur mit internationaler Zusammenarbeit lösbar. Auch dafür gibt es kein öffentliches Interesse im Land. „Wir sind nicht die Polizei für andere Nationen", sagt der Südtiroler Staatsanwalt. Im Grunde hat er Recht. Wieso sollen Südtiroler die Kriminalität ihrer Gäste bei ihnen zu Hause aufklären.

„Wir können höchstens unsere Erkenntnisse, Anderen zur Verfügung stellen", sagt man hier zu Lande. Auf Deutsch; man erwartet eine Art – Gegenleistung. Zu Recht. Für die Südtiroler Ermittler sind lediglich die Taten von Bedeutung, die hier zum Nachteil Südtirols begangen werden. Das inkludiert auch den Ruf unseres kleinen Landes. Wer riskiert schon einen schlechten Ruf wegen der mangelnden Aufklärung eines Mordes an einem Prominenten auf seinem Territorium?

Wie sich bei den Vernehmungen heraus gestellt hat, sind etwa, geschätzt, mehrere Millionen an Schwarzgeld geflossen. Die Manager nannten keinen konkreten Summen. Aber die Kontoauszüge zeigen in diese Richtung. Dazu auch Aussagen über Bargeldbeträge. Natürlich müssen die Drei, Streit unter den Beschuldigten erzwingen. Nur so erfahren sie Genaueres. Bei Debeule gehen sie von einem Mord aus, der durch Debeule selbst erzwungen wurde. Debeule hat Andere erpresst. Im Grunde ist den Dreien der Mord unter Kriminellen egal. Der

Schaden gegenüber Johann und Gerda muss hier repariert werden. Der gute Ruf des Hotels Mücke ist von Landesinteresse. Natürlich auch der Ruf der anderen Hotels in dem Zusammenhang. Und der ist ziemlich angekratzt. Die Hoteliers sprechen von Rückgängen der Buchungen wegen der Morde. Welcher Tourist schläft schon gern mit der Polizei in einem Bett?

Toni nimmt die Erkenntnis als Zusage zu seinen weiteren Ermittlungen auf. Marco bestätigt das noch einmal.

„Der Mord an Debeule war in einem Südtiroler Hotel: Damit ist das unsere Aufgabe, das zu klären."

Toni dachte erst, er können seine Ermittlung beerdigen.

Monika hat mit Marisa und der Familie, in etwa den Betrag heraus bekommen, um den es geht. Und das ist sehr wohl ein Mordmotiv. Es geht, wie gesagt, um mehrere Millionen. Die Familie belastet und entlastet sich aber. Nach den Erkenntnissen, kann es weder Renato noch Debora gewesen sein. Es sei denn, sie haben den Mordauftrag erteilt. Paolo und Colo hingegen, sind nach den neuen Erkenntnissen, Hauptverdächtige. Deren Kontobewegungen sind höchst verdächtig. Auch im Zusammenhang mit dem Doping.

In Vorbereitung eines Rennens, reisen viele Mannschaften ab in Richtung Verona und Gardasee. Toni hat Marco gefragt, ob er dort auch ermitteln darf. Marco hat ihm den Befehl dazu erteilt. Monika freut sich.

„Endlich mal wieder am Garda", ruft sie.

Marco hat für sie eine Ferienwohnung in Malcesine gebucht. Dort hat er schon die benötigten Büroutensilien deponiert. Die Kommandantur dort weiß Bescheid und kommt täglich zum Rapport. In den Hotels bis Garda sind die einzelnen Mannschaften einquartiert. Toni wird sich freuen, sie dort wieder zu treffen.

Bei Luise feiern die Drei eine Art Abschiedsfeier. Luise ist davon beeindruckt und bäckt den Dreien einen Strudel.

Die Drei besprechen eine Falle. Sie wollen durch ihre Abwesenheit in Prad, den Tätern suggerieren, der Fall wäre abgeschlossen. Die Familie Marcos bedankt sich bei den drei Ermittlern. Und das, trotzdem sich ergab, wie die sich untereinander betrogen haben. Toni ist der Ansicht, die Familienmitglieder hätten das intern irgendwie gewusst. Er bittet sie trotzdem, sich im Ort aufzuhalten und nicht abzureisen. Marisa hingegen, darf fahren und sich um ihr Büro kümmern. Sie erwartet Überweisungen und muss auch diverse Teile verpacken. Die sollen verschickt werden. Es gibt reichlich Bestellungen. In der Werkstatt bei ihnen zu Hause, muss auch ein Vertreter der Familie anwesend sein. Marisa ist aber die Einzige, auf die kaum ein Verdacht fällt. Zwei Angestellte helfen ihr in der Werkstatt. Wenn sie noch länger nicht dort sind, besteht die Gefahr, sie müssen die Werkstatt aufgeben. Toni will das nicht.

Toni ärgert sich trotzdem etwas, Er mit den Ermittlung bei den restlichen Personal, das unter Verdacht steht, eine Pause einlegen. Er möchte auch nicht unbedingt, Kollegen die Erkundigungen einziehen lassen. Ihm und Monika sind die Gesichtsausdrücke wichtig.

Marco hat versprochen, sich darum zu kümmern. Marco kann das. Zu ihm hat Toni Vertrauen.

Monika bekommt die Aufgabe, sich besonders zu den Mahlzeiten in der Nähe der Mannschaften zu bewegen. Sie soll die Kontakte beobachten. Sie soll besonders auf die Sprinter und ihre Helfer achten, die über genug Kraft verfügen, einen Mord so zu begehen, wie er an Debeule verübt wurde.

Toni hat sich auf das Pendeln eingerichtet. Er will die Untersuchung der Zwei in Schenna nicht aufgeben. Marco schaut ihn verständnisvoll an. Trotzdem ist er etwas böse mit ihm.

„Die haben mich befördert, weil wir so gute Erfolge nachweisen."

„Die stehen nicht zur Frage. Ich glaube eben an andere Täter."

„Renne nicht in die falsche Richtung."

„Ich bin der Überzeugung, unsere Täter sind nicht bei den Teams zu suchen."

„Ja. Aber die Verbindung zu den Teams, ihren Managern und Betreuern ist mehr als heiß. Wir haben genug Indizien."

„Stimmt. Ich habe aber sowohl bei der Familie, als auch im Umfeld der Sponsoren, die Indizien. Die deuten auf ein Kapitalverbrechen", antwortet Toni.

„Gut. Wir machen das in Verona und du hier in Prad. Wahrscheinlich gibt es sogar Zusammenhänge."

Die Aufklärung

Toni fährt eilig nach Algund. Er will die Konten Reinald und Zofia anschauen. Gleichzeitig hat er die Absicht, nach Konten von Karol und Slavo zu suchen. Er glaubt nicht daran, die Beiden würden ihren Lohn mit Western Union überweisen. Das wäre einfach zu teuer. Sie führen ihre Konten auch in Euro. Eine Bank ist dafür am günstigsten. Zumal unsere Hoteliers gern den Lohn auf Konten überweisen. Die Frage steht trotzdem, wie viel bekommen die Beiden überwiesen und wie viel wird bar gezahlt. Und dafür braucht Toni die Kontendaten. Er will jetzt, mit den Unterlagen von Monika, ermitteln, ob nach den Einnahmen bei Reinald große Fehlbeträge zu finden sind. Monika hatte bereits die Umsätze nach den Übernachtungsmeldungen berechnet. Die Summen stehen also fest. Auch die offiziellen Löhne neben den Barzahlungen des Unternehmens. Ähnlich würde das vielleicht auch die Finanzgarde ermitteln. Die haben über Marco, Toni bereits sehr gut geholfen. Toni arbeitet mit deren Tabellen und Programmen. Wenn Toni fertig ist mit seinen Ermittlungen, wird es Reinald und sicher auch seine Kollegen treffen.
In Verona haben die Carabinieri jedenfalls eine große Razzia vorbereitet. Die wird sich in jedem Fall mit den Mannschaften befassen, die sich bei der letzten Razzia

verdrückt haben. Es geht um Draft und Fickel. Die haben ihre Teilnahme an dem Rennen bestätigt. Der große Teil des Rennens spielt sich am Gardasee ab. Die Unterkünfte der Fahrer sind auch am See. Die Tourismusbüros der Ortschaften nehmen das Rennen als Werbemaßnahme. Damit werden die Buchungsrückgänge zwischen den Feiertagen beseitigt.

Monika sammelt bereits die Informationen, wo sich speziell Draft und Fickel aufhalten. Irgendwie wird sie neidisch.

‚Die bekommen kostenlos die teuersten Herbergen‘, denkt sie sich. Wahrscheinlich werden genau dafür solche Veranstaltungen durch geführt. Wer kann sich schon solche teuren Hütten leisten? Die Hotels hat sie schon heraus bekommen. Draft ist im Hotel Krone und Fickel, im Hotel Gardenium. In verschiedenen Nachbarunterkünften richten die Carabinieri, Beobachtungsposten ein. Monika weiß nicht, ob auch deren Zimmer belauscht werden. Sie würde sich schon eine Kamera in den Bädern der Radfahrer wünschen.

„Vielleicht auch nicht. Wer weiß, was die Alles zu sich nehmen", denkt sie sich.

Toni begleitet Monika in ihre Unterkunft am Garda. Es ist ein schönes Zimmer mit Seeblick. Monika hat sich nicht getraut, mit dem Motorrad zu fahren. Ihr ist der

Verkehr um diese Zeit zu hektisch am Garda. Zu viele Touristen. Toni hat sie hingefahren. Die Kollegen haben ihr Gepäck mit genommen.

„Was willst du mit dem Abendkleid?", fragt Toni.

„Wenn wir abends ausgehen wollen."

„Aber, ich bin doch abends gar nicht da oder nur selten."

„Hier gibt es reichlich Kollegen."

Beide lachen. Monika wird das Kleid für die Ermittlung benötigen. Immerhin muss sie sich am Buffet der Vier und Fünf Sterne Hotels zeigen. Als Gast. Etwas Genuss bei der Arbeit schadet nicht.

Schon am ersten Abend landet Monika den Volltreffer, den sie sich erhoffte. Zum Glück haben die Kollegen der Carabinieri reichlich Kräfte beim Personal des Hotels eingeschleust. Selbst die Zimmer sind in ihren Händen. Die Falle kann zuschnappen. Auch der heimische Strich an den Häfen von Garda und Malcesine ist komplett unterwandert von den Polizisten. Die Teams von Draft und Fickel sind die Doping - Dealer. Jetzt weiß Moni auch, warum die gleich verschwunden sind bei ihrer ersten Razzia. Zuerst hatte sie die Holländer in Verdacht. Die würde sie aber trotzdem nicht ausschließen. Toni sagt, abwarten. Es kommt sicher noch mehr. Also geht es doch um echte Summen in dem Geschäft. Trotzdem muss es Wege geben, wie die Drogen aus Spanien,

Südamerika und Asien an den Mann kommen. Monika glaubt schon, das Doping und Drogengewerbe ist ein und da selbe. Und da stirbt es sich eben leicht. Für Lebensläufe brauchen die Jungs nicht viel Papier. Das sind wahre Umweltschützer.

Toni muss Monika allein lassen. Er wird in Schenna erwartet. Er möchte jetzt mit Reinald und Zofia die Kontostände klären. Die Bewegungen passen zu ganz bestimmten Gutschriften auf anderen Konten. Er stellt fest, die Miete für Karol und Slavo wurde von Reinald überwiesen. Damit ist auch der Kauf von den teuren Autos teilweise geklärt. Voraus gesetzt, die Autos wurden gekauft. Wie scheint, sind die Fahrzeuge überlassen. Es scheinen immer gleiche Beträge auf, die als Gutschrift zu einem Autohändler gehen. Damit wäre das die vollständige Entlastung der zwei Slowaken. Nur, was haben die Zwei als Gegenleistung zu bringen? Toni reimt sich einen Zusammenhang mit den Grünanlagen, die sonst von Franz aus Stilfs gepflegt werden. Jetzt wird ihm auch klar, warum Franz so zurückhaltend war. Er ist irgend wie ausgebremst worden. So erscheint das Toni. Entweder tun das die Zwei preiswerter oder regelmäßiger. Vielleicht muss er auch noch mal Franz fragen, ob er Genaueres weiß. Er wirkte ziemlich verschlossen. Monika hat im Rahmen der Razzia ein Zimmer gefunden, das sich nicht in den Hotels befindet. Durch

Beobachtung. Die Trainer haben Monika in das Zimmer geführt. Sie hat das Zimmer wie ein Dieb betreten. Mit einem Nachschlüssel. Den hat sie von der Vermieterin bekommen. Ihr kam die Nutzung des Zimmers etwas ungewöhnlich vor. Dieses Zimmer ist das Hauptlager des Stoffes.

„Da wird selbst eine Apotheke neidisch", sagt die Vermieterin zu Monika bei dem Anblick.

„Soll ich die Carabinieri rufen?"

„Wir müssen das noch ein paar Tage beobachten", antwortet Monika. Sie will die Hintermänner erwischen.

Toni ist noch einmal bei Karin in Schenna. Er möchte die Zimmer durchsuchen. Außerdem will er mit Karin über die Vermietung reden. Es kann immerhin passieren, dort wird genauer ermittelt.

Die Kontoauskünfte legen aber auch eine Beziehung offen, deren Erforschung, Toni wegen Verona unterbrechen musste.

Der Ziegelbau hat offen und mitunter auch indirekt, Sponsoring geleistet. Toni will erkunden, ob von dem offiziell als Sponsoring angegebenem Beträgen, auch Geld zurück geflossen ist. Auf ein Auslandskonto von Norbert und Sara. Und genau da, hat Toni eine Spur erkannt.

Monika ruft an. Sie hat von Perone und Lorenzo, die beide beim Team Sattel arbeiten, neue Fakten erfahren. Die wirken schwer belastend. Die Trainer waren beide bereits zum Verhör. Dort haben sie nichts gesagt. Wahrscheinlich ist ihnen ihr Job gekündigt worden oder sie haben keinen neuen Vertrag bekommen. Jetzt wollen sie auspacken.

Perone ist ja auch der Personaltrainer von vielen Fahrern in unterschiedlichen Teams. Er kennt alle Teams. Lorenzo hat die Abrechnungen selbst getätigt. Die Zwei sind wichtig für die gesamte Beweiskette. Monika wirkt etwas euphorisch bei dem Anruf.

„Soll ich zu dir kommen?", fragt Toni.

„Das ist nicht nötig. Die haben bereits Alles gesagt."

„Sitzen die schon?"

„Die Carabinieri haben sie gleich mit genommen."

„Verhört die schon der Staatsanwalt?"

„Sicher."

„Debeule hat sie alle erpresst. Er wusste von den echten Beträgen."

„Das wissen wir bereits."

„Ja. Aber die Familie hat sehr viel Geld bekommen."

„Das wissen wir auch schon."

„Reinald und Zofia wurde der halbe Bau bezahlt."

„Das ist mir schon klar. Aber in der Höhe, ist mir das neu."

„Die Firma Ziegel war der Schmuggler der Ware."

„Oh ha. Das ist mir neu."

„Die haben das im Rahmen ihrer Bautätigkeit im Ausland erledigt."

„Das Dop in der Betonglocke."

Beide lachen.

„Die Übernachtungen in allen anderen Unterkünften wurden davon bezahlt."

„Jetzt wird es traurig. Das Geld müsste eingezogen werden."

„Wir müssen mit dem Staatsanwalt reden. Vielleicht lässt sich etwas tun."

„Die Trainer tippen auf einen der Fahrer des Holländischen Teams im Fall Marco."

„Warum?"

„Marco wollte das melden und dabei nicht mitspielen."

„Da wäre ja die ganze Tour aufgeflogen."

Toni kommt bei Karin in der Zimmervermietung an. Karin steht aufgeregt am Radio und hört die Verkehrsmeldungen.

„Ich glaube, Slavo ist auf der MEBO verunglückt. Die reden von einem Auto, das Slavo fährt. So oft gibt es das bei uns nicht."

Toni hört weiter zu. Er ruft sofort die Polizei an.

„Wer hat das Auto gefahren?"

„Wir erkennen den Fahrer kaum noch. Die Papiere zeigen, Slavo."

„Lasst Ihr das Auto und Slavo untersuchen?"

„Das ist sicher."

„Slavo ist wahrscheinlich in einen oder mehrere Mordfälle verwickelt. Wir benötigen die Daten und Ergebnisse."

Toni gibt auch die Nummern von Marco und seinem Chef, Marco bekannt.

„Das Marco – Revier", ist die Antwort des Polizisten.

„Wir melden uns."

Toni versucht umgehend, Karol zu erwischen. Vielleicht will der jetzt Etwas aussagen. Toni würde sich nicht wundern, wenn der jetzt plötzlich zum Radfahrer wird.

„Der Karol ist auf Arbeit", sagt Karin.

Toni bricht auf zum Hotel Bergtroll. Er will jetzt mit Zofia oder Reinald sprechen.

Zofia steht an der Rezeption mit Tränen im Gesicht. Reinald tröstet sie etwas. Toni wundert sich über den etwas aufgesetzten Trost von Reinald. Er vermutet, Zofia hatte mit Slavo ein kleines Techtelmechtel. Vielleicht kann er das für seine Ermittlung nutzen.

Er ruft umgehend Marco an auf dem Weg. Marco zeigt sich nicht überrascht.

„Ah, ein teco-meco. Dort musst du bohren."

Marco lacht laut am Telefon. Toni hört im Hintergrund Monika. Marco soll sie grüßen. Sie hat das Telefon genommen.

„Du hast wohl eine feste Spur?"

„Ja. Slavo ist tödlich verunglückt auf der MEBO mit seinem Sportwagen."

„Weist du schon mehr?"

„Mich wundert nur die Stelle, wo das passierte."

„Nicht in der Doppelkurve?"

„Nein. Er ist an der Eppaner Abfahrt an den Brückenpfeiler gerauscht. Über die Leitplanken hinweg."

„Ich kann mir das nicht erklären. Dort ist Neunzig."

„Ja eben. Ich habe die Untersuchungen verlangt."

„Bis morgen. Oder kommst du noch heute Abend?"

Toni ahnt schon wieder Etwas. Moni hat Lust bekommen. So, wie das klingt am Telefon?

„Ich komme dann."

Zu Reinald sagt Toni, er möchte gern mit Karol sprechen. Toni soll ihn für den Rest des Tages frei stellen. Reinald ahnt Böses. Zofia hat sich gleich verdrückt. Die sitzt jetzt im Büro und telefoniert. Toni schätzt, sie ruft Karol.

Aber das macht gerade Reinald von der Rezeption aus. Zu spät merkt Toni, er hat sich geirrt. Jetzt bliebe ihm nur noch festzustellen, wen Zofia angerufen hat. Er rennt ins Büro und schaut auf den Apparat. Die Nummer schreibt er sich auf. Zofia sieht ihn erstaunt an. Beim Schreiben bemerkt Toni,

„die Nummer kommt mir doch bekannt vor."

Zofia hat in Prad angerufen. Im Hotel Mücke.

„Warum hast du in Prad angerufen?"

„Ich habe mit Johann gesprochen."

„Johann?"

„Das ist der Chef."

Den Chef konnte Toni bisher nicht ausmachen. Er hat immer mit Gerda gesprochen.

Korr300822

Karol kommt zusammen mit Johann.

„Karol. Du möchtest bitte mit mir kommen."

Johann führt die Zwei in ein separates Zimmer. Toni schaut sich um, ob dort Mikrofone oder Kameras sind. Keine. Für gewöhnlich installieren die Hoteliers neuerdings Kameras in den Hausbibliotheken und Fernsehräumen. Es gab in der Vergangenheit zu viele Diebstähle in diesen Räumen.

„Sind die Autos, die ihr Beide fahrt, euer?"

„Nein. Die bekommen wir vom Ziegelbau gestellt."

„Wieso nicht von Reinald?"

„Reinald hat den Ziegelbau gefragt, ob die uns die Fahrzeuge geben. Wir helfen dort ziemlich oft."

„Wer überweist euren Familien das Geld?"

Toni fragt das nicht umsonst. Die Zwei haben monatlich vier Tausend Euro nach Hause für die Familie überwiesen.

„Das macht Reinald."

Toni vermutet eine Lüge. Begründet. Das Gegenkonto ist das von Slavo. Der ist leider tot jetzt.

Toni holt einen Überweisungsbeleg heraus und zeigt ihn Karol. Karol wird röter.

„Das...das...habe ich nicht gewusst."

Natürlich wird Karol jetzt jedes Wissen abstreiten.

„Fuhr Slavo immer so schnell?"

„Slavo war ein kleiner Raser."

„Hatte er keine Angst, den Führerschein zu verlieren?"

„Die Autos sind nicht unsere."

„Es ist trotzdem interessant zu wissen, wie man an dieser Stelle über Zweihundert fahren kann."

„Ich kann mir das nicht erklären. Slavo fuhr dort immer normal. Dort wird häufig geblitzt."

„Jetzt möchte ich wissen, wie du mir dein Gehalt erklärst. Du bekommst im Hotel fast Dreitausend. Netto. Die Miete bei Karin kostet Eintausend. Das Leasing kostet nicht unter Eintausend monatlich. Dann schickst du Viertausend nach Hause. Und auf deinem Konto sind dreißig Tausend."

„Das ist mir neu."

Karol möchte offenbar nichts weiter sagen. Toni ruft Marco an. Er soll Karol abholen.

„Wir müssen dich einvernehmen. Es werden ein paar Fingerabdrücke abgenommen, Gentests und Befragungen bei den Carabinieri folgen."

„Ich habe mit der Sache nichts zu tun."

„Das nützt dir jetzt wenig, Karol."

Toni geht zu Reinald.

„Reinald. Karol darf das Haus nicht verlassen. Ich bleibe, bis Marco kommt. Später haben wir auch noch ein paar Worte zu wechseln."

Zofia verzieht das Gesicht. Toni ahnt, was sie damit meint.

Nach ein paar Minuten sind die örtlichen Carabinieri da. Marco hat von Malcesine aus angerufen. Reinald und Zofia übergeben das Hotel erst mal Karin. Zofia hat Karin angerufen, sie soll sofort ins Hotel kommen.

„Wie lange dauert das?", fragt Karin, Toni.

„Ich schätze, ziemlich lange. Du kannst eventuell mit der Familie von Reinald reden. Die haben sicher einen Ersatz, bis das überstanden ist."

Marco ruft gleich noch zurück. Lucas, der Trainer der Dänen, hat ein Geständnis abgelegt. Und das ist jetzt protokolliert. Toni hat dessen Aussagen vorher angezweifelt. Sicher will der Etwas verbergen, dachte er sich. Im neuen Geständnis taucht ein Widerspruch zu seinem vorherigen Geständnis auf. Und dem will er gleich nach gehen. Im Grunde sucht Toni das Geld. Wo das ist, sind auch die Täter zu suchen.

Toni bekommt von den Beamten der Schweiz und Österreich in diesem Fall keine Hilfe. Zum Glück kennt er zwei Privatdetektive, die für Versicherungen arbeiten. In Österreich ist das Kilian und in der Schweiz, Nael. Die Zwei haben ihm schon bei der Suche der Mannschaften geholfen. Deren spitze Nase reicht ganz sicher auch auf deren Konten und versteckte Konten.

Er ruft die Beiden an und gibt ihnen die Namen von jenen Personen, von denen er gerne die Kontendaten haben möchte.

Nael vertröstet ihn auf eine knappe Woche. Kilian ist etwas schneller. Er verspricht das Ergebnis schon morgen. Toni staunt. Er hat den Beiden immerhin rund zwanzig Namen übergeben.

Er fragt sich jetzt, wie die Zwei an die Daten kommen. Eigentlich gäbe es ja ein Bankgeheimnis in Europa und besonders, in der Schweiz. Kriminelle der jeweiligen Regierungen haben immerhin die Absicht, ihre Schiebereien zu verbergen. Dafür muss man der Bevölkerung ja auch ein Bankgeheimnis vorgaukeln. Toni überlegt gerade, ob er vielleicht Luxemburg und Liechtenstein einbeziehen sollte. Er hat auch Kontakt zu Detektiven in diesen Ländern. Vorerst lässt er es bei der Schweiz und Österreich.

Eigentlich will Toni jetzt zu Monika fahren. Ein bewegter Abend steht in Aussicht. Am Morgen kann er ja Lucas noch besuchen in der Zelle. Wenn er darf. Ideal ist das Wetter nicht. Toni möchte trotzdem mit dem Motorrad fahren. Die Regenkombi packt er ein. Die kurzen Regenschauer geben eine gute Luft. Die braucht Toni jetzt. Was klar scheint, ist wahrscheinlich doch nicht so klar wie er anfangs dachte.

Toni wählt wieder den Weg über den Gampen und Andalo. Auf den Hauptstraßen ist ihm jetzt zu viel Werksverkehr. Die Fahrt findet immerhin in seiner Freizeit statt. Und die will er genießen.

Über den Gampen spürt er schnell, hier sind tatsächlich zehn Grad Unterschied zu Unten. Er hält kurz an und zieht sich die Regenkombi über. An den Rändern in den Kurven sind noch feuchte Stellen. Das gibt Spritzer. Die will er sich ersparen. Die Regenkombi hält auch den kühlen Wind ab. Sofort wird es ihm wärmer.

An der Abfahrt nach Andalo kurz vor der Rocchetta, überlegt Toni, ob er nicht doch Unten lang fährt. Aber der Werksverkehr dort lässt ihn über Andalo fahren. Immerhin müsste er vom Trentino aus in Richtung Garda ziehen. Und das ist um diese Uhrzeit sehr schwierig. Er möchte schließlich ziemlich erholt bei Monika ankommen.

Angekommen in Ponte Arche steht er wieder vor der Entscheidung. Dieses Mal fällt ihm das bedeutend leichter. In Richtung Sarche ist Stau wegen eines Unfalls.

Toni kommt in Riva an. Er hat bis hier her, neunzig Minuten gebraucht. Er schätzt, bis er Monika sieht, vergeht eine halbe Stunde. Er ruft sie an. Monika freut sich darüber. Durch Riva ist er ziemlich flott. Es gibt reichlich Ausweichmöglichkeiten. Riva ist in der Beziehung ziemlich gut organisiert.

Monika steht vor ihrem Haus und wartet. Ihre Ferienwohnung hat einen kleinen Balkon. Auf dem betrachten die Zwei den Sonnenuntergang. Sie haben selten die Möglichkeit, diesen Anblick so zu genießen. Am Morgen besprechen die Zwei ihre Taktik und gleichen die Erkenntnisse ab.

Die Inhaftierten Trainer, Manager und Betreuer haben bei den Carabinieri kaum Aussagen getätigt. Sie berufen sich auf Anwälte, die in Kürze eingeflogen werden. Die großen Sponsoren und der Verband der Radfahrer, der in Deutschland von einem Kriegsverbrecher geführt wird, stellen ein Dutzend Anwälte. Monika schüttelt den Kopf, als sie liest, wie Mitgliedsgelder für Dopingsünder verbraten werden. Letztendlich geht es den Zweien nicht um Doping. Das ist die Sache der Anwender. Ihnen geht es um den Mord an Marco und Debeule. Die kriminellen Tätigkeiten des Umfeldes, sind die Aufgabe unserer Carabinieri.

Monika erzählt vom Gespräch mit Mikkel, dem Manager der Dänen.

„Der hat mir gesagt, die technischen Dinge als auch die körperliche Fitness, wäre seine Aufgabe gewesen. Nicht nur das. Er hat dafür auch das Gehalt dieser Abteilungen kassiert."

Toni wird jetzt klar, Lucas hat mehr Macht in dem Stall als Mikkel, der Manager. Das hat Mikkel durch die Blume so ausgedrückt.

„Wie scheint, haben wir damals den Richtigen einvernommen. Leider mussten wir ihn bald frei Lassen auf Grund fehlender Beweise. Wie das mit den Dopingermittlungen aussieht, geht uns nichts an."

„Ich habe aber mit den Nachbarn der gemieteten Ferienwohnung gesprochen. Die haben Lucas sehr oft dort gesehen."

„Naja. Ein Beweis ist das nicht. Wir müssen nur die Ergebnisse sämtlicher Proben unserer Kollegen abwarten. Jetzt kommt auch noch Slavo dazu, vermute ich."

„Über Slavo sind mir von Marco schon Erkenntnisse zugesandt worden. Die habe ich auf dem Laptop." Beide sehen dort nach. Bei dem Unfall von Slavo gibt es Ungereimtheiten. Wie üblich, unterziehen die Carabinieri das Unfallfahrzeug einer technischen Prüfung. Das Versagen der Bremseinrichtung wurde festgestellt. Auch ein Versagen der Gaspedale. Die Kollegen gehen bereits von einem Attentat aus.

„Ich glaube, Karol ist jetzt direkt in Gefahr."

„Denkst du, die Mörder von Marco werden jetzt beseitigt?"

„Ich weiß nicht, ob das die Mörder von Marco oder Debeule sind. Die wissen aber wahrscheinlich, wer es war."

„Du musst dringend zu Karol. Der kann eventuell noch gerettet werden."

„Zuerst müssen wir mal Duschen."

Monika versteht die Anspielung sofort und wirft den Morgenrock in die Ecke. Toni rollt mit den Augen.

„Du warst wohl Sonnenbaden?"

„Ich dachte, ich lege mich nackt auf den Balkon. Irgendein heißer Junge wird schon bei mir vorbei schauen."

„Meinst du mich?"

„Ganz sicher."

Monika lacht so laut, dass die Italienischen Mieter der Nachbarwohnung protestierend gackern. Jetzt muss auch Toni lachen.

„Du lachst zu früh."

„Ich dachte, unsere Italienischen Freunde wären die Lautesten."

„Sicher. Im Wald und auf dem Markt."

„Wann musst du wieder weg?"

„Ich muss erst mal anrufen, ob Karol schon einvernommen wurde. Schutzhaft."

„Mach das. Wir duschen danach."

Auf die Anspielung hat Toni schon fast gewartet. Er hat sich nur nicht getraut, zu fragen.

Marco ruft an, nachdem Toni nachgefragt hat, ob Karol schon in Schutzhaft sitzt.

„Karol sitzt in der Gemeindestation der Carabinieri. Er trinkt mit den Kollegen Kaffee."

„Er soll reichlich Kaffee trinken. Ich denke, das wird bald mit sein letzter sein."

„Wie kommst du darauf?"

„Ich glaube, Karol hat mit Slavo, Debeule ermordet."

„Kannst du das schon beweisen?"

„Noch nicht ganz. Uns fehlen nur noch ein paar Proben und deren Auswertung."

„Welche Proben?"

„Die Fingerabdrücke, die Genproben und diverse Kontobewegungen."

„Und sonst hast du nichts?"

„Wir durchsuchen das Zimmer von Karol noch einmal intensiv. Auch das von Slavo."

„Was sucht ihr?"

„Wir suchen das Werkzeug, mit dem der Bowdenzug gehalten wurde. Spuren an den Händen und so weiter."

„Mir scheint, ihr seid auf dem richtigen Weg. Hier gibt es wahrscheinlich nur den Dopingskandal."

„Ich denke, bei dir können auch diverse Betrügereien mit Kapital und Lizenzen auf fliegen."

„Wie kommst du darauf?"

„Ich habe Kollegen auf Schweizer und Österreichische Konten angesetzt."

„Das hätten wir auch machen können."

„Bei euch wäre der Rummel zu groß gewesen. Wir ermitteln etwas im Schatten."

„Warum?"

„Wir benötigen die Kontenbewegungen für die Beweiskette bei den Morden."

„Warum hast du das nicht gleich gesagt?"

„Das habe ich jetzt erst ermittelt."

„Was fehlt euch noch?"

„Wir brauchen alle Laborergebnisse. Dort klemmt etwas die Säge."

„Es kann sein, die Kollegen hier haben die benutzt."

„Wir brauchen die dringend."

„Soll ich die zu Monika schicken?"

„Wie immer."

„Viel Glück."

„Ich bin dann Oben in Schenna und Prad."

„Gut."

Monika kommt aus der Dusche. Splitternackt. Toni ist nicht mehr zu halten. Jetzt fehlt nur noch ein Asti Spumante und der Urlaub wäre perfekt.

„Wenn du so ermittelst, kannst du dir noch ein Jahr Zeit lassen", haucht Monika, Toni ins Ohr.

„Ich muss weg. Mir brennen die Nägel."

„Fahr vorsichtig."

Toni will gleich über Mori und Rovereto auf die Autobahn. Dort kann er wenigstens Gas geben. In Rovereto kennt er auch eine preiswerte Tankstelle. Die will er gleich mit besuchen.

„Lass die Nachbarn in Ruhe", sagt er zu Monika beim Abschied. Monika muss wieder lachen. Dieses Mal geht sie es ruhiger an und hält sich die Hand vor den Mund.

„Ich lege mich gleich so auf den Balkon. Vielleicht kommt Marco noch vorbei."

In Schenna ist Toni recht schnell. Karin hat ihn schon erwartet.

„Ich muss schnell mal das Zimmer von Karol und Slavo durchsuchen."

Karin schließt das Zimmer auf.

„Hier hat doch schon Jemand gesucht."

„Das war ich. Ich habe oft Probleme wegen Rauschgift gehabt. Deswegen kontrolliere ich die Zimmer."

„Ich suche Belege."

„Da habe ich keine gesehen."

Toni sucht kurz bei den Unterlagen. Nichts.

„Ich gehe mal zu Zofia."

„Tschüss. Bis dann."

Zofia ist wieder im Hotel.

„Reinald kommt nicht so schnell wieder", sagt sie.

„Wahrscheinlich hat Karol geredet."

„Was will den Karol erzählt haben?"

Zofia sagt dazu nichts. Sie schweigt.

„Ich muss mit Karol reden", sagt Toni zu Zofia.

„Naja. Etwas kann ich dir sagen."

„Na, rede endlich! Ich bekomme So und So, Alles heraus. Für euch ist wichtig, eure Argumente zu sagen. Bedenke, Karol wird die Schuld auf euch schieben."

„Karol und Slavo sind nicht unsere Angestellten."

„Das habe ich fast schon vermutet."

„Den Lohn für die Zwei haben wir nur bei uns gebucht. Im Winter haben sie in Prad und in Sulden gearbeitet. Ihr Lohn wurde dort nicht gebucht."

„Unsere Mitarbeiter haben von euch auch Schweizer und Österreichische Konten gefunden."

„So?!"

„In kurzer Zeit werden die auch die Verbindungsmänner und Boten ausfindig machen."

„Ja. So viel Durchblick habe ich jetzt auch nicht."

„Kann ich die geheimeren Unterlagen mal sehen?"

„Reinald hat euch meines Wissens, alle seine Unterlagen gegeben."

„Wir drehen uns im Kreis. Es gibt sicher auch noch private Vereinbarungen mit Boten."

„Davon weiß ich nichts."

Toni bekommt den Eindruck, Zofia möchte sich schon jetzt etwas aus der Sache verabschieden. Sie arbeitet daran, sich als unschuldig hin zu stellen."

Toni geht zu den örtlichen Carabinieri. Dort wird Karol immer noch vernommen. Sie holen ihn täglich ab. Die Protokolle füllen schon einen ziemlich umfangreichen Ordner.

Neben diversen Ausflüchten, sind darin auch Schätze verborgen. Slavo und Karol haben mit Trainern und Managern diverser Mannschaften zusammen gearbeitet. Man traf sich regelmäßig in Prad und in Schenna. Reinald müsste das eigentlich wissen. Zofia natürlich auch. Zofia lügt also, wenn sie sagt, sie weiß von Nichts. Toni denkt, die macht das so, weil sie eigentlich keine geborene Südtirolerin ist. Sie will sich auf diese Art, heraus halten. Toni akzeptiert das. Ein paar Spuren hat sie trotzdem geliefert.

Monika ruft an und fragt, ob Toni gut angekommen ist. Toni schmerzen schon die Ohren bei dem pausenlosen Geschmatze am Hörer.

„Ist Marco schon da?"

„Er liegt nackt neben mir auf dem Balkon."

„Soll ich jetzt seine Frau und das Kind schicken?"

„Ich muss überlegen, wann ich die letzte Orgie mit gemacht habe."

Monika lacht halblaut. Toni auch. Er möchte nicht auffallen im Foyer.

„Du und Orgie."

„Lorenzo und Perone singen wie die Nachtigallen. Du wirst staunen, was da Alles zum Vorschein kommt. Die Protokolle schicke ich dir per Email."

„Danke, meine Liebe. Ich brauche das dringend, weil ich auch die Ergebnisse von Nael und Kilian erwarte."

Kaum hat Toni das angesprochen, kommt die Meldung über Emails im Telefon. Toni setzt sich in die Garnitur im Foyer. Zofia soll sich um ihre Gäste kümmern. Er hat sie von der Befragung entlassen. Nael hat Beträge gefunden und Kilian auch. Gewaltige Beträge. Toni kann das nicht begreifen. Im Parlament streiten sie um eine Million und da fließt unkontrolliert Geld in zehnfachen Größenordnungen. Er schaut in den abgespeicherten Unterlagen nach, wie viel die Sponsoren als Werbeausgaben gebucht haben. Nicht einmal ein Drittel. Eine Buchung der vollen Ausgaben hätte nach Ansicht Tonis, auch gar nicht in deren Bilanz gepasst. Trotzdem ist das Geld vorhanden. Wenn es nicht in der Bilanz erscheint, woher kommt es dann?

Toni drängt sich mittlerweile der Gedanke auf, es geht hier um Geldwäsche. In diesem Bereich sind Menschenleben so viel wert wie ein Stück Apfelstrudel.

Toni muss wissen ob die Familie Gillen noch in Prad ist. Denen wurde verboten, das Land zu verlassen. Er ruft in Prad an. Die Rezeptionistin vermittelt das Gespräch auf deren Zimmer. Keine Antwort.

„Sind die im Haus? Haben die bezahlt?"

„Abgemeldet sind sie nicht. Sie zahlen fast täglich."

Das kommt Toni schon etwas spanisch vor. Er ruft Marco an. Marco möchte die Grenzen gleich dicht machen. Wenn das nicht schon zu spät ist.

„Sind die zufällig am Garda beim Rennen?"

„Ich schicke mal Monika los."

Beim Sichten der Unterlagen von Nael fällt Toni plötzlich eine Firma auf. Die arbeitet in der Schweiz. Als Gesellschafter ist Sara eingetragen. Die Firma heißt – Planke. Die bauen Leitplanken. In der Schweiz nennt sich das Schutzplanke. Nael hat auch die Lieferverträge angeschaut. Und bei denen steht Ziegel fast an erster Stelle. Toni versteht die Welt nicht mehr als er weiter liest. Gillen ist dort auch Gesellschafter. Jetzt fehlt nur noch der Bericht von Kilian. Er würde sich jetzt nicht wundern, wenn dort sämtliche Familienmitglieder der Sponsoren, Briefkastenfirmen führen. Offensichtlich hat er es mit einem Netzwerk von Geldwäsche zu tun. Das Doping der Fahrer und die damit verbundenen Einnahmen, werden darüber gewaschen.

‚Das ist ja fast wie im Rauschgifthandel', denkt sich Toni. Die Carabinieri sind in der Beziehung recht gut aufgestellt. Er schickt die Erkenntnisse zu Marco.

Jetzt wird Toni vorsichtig. Wie scheint, hat er es mit einem mächtigen, skrupellosen Gegner zu tun. Er nimmt sich vor, sein Motorrad vor Fahrtantritt etwas zu prüfen. Toni wartet noch etwas. Er möchte sehen, wann Karol kommt. Als hätte er gerufen, kommt das Auto der örtlichen Carabinieri. Karol steigt aus. Toni rennt zu dem Auto.

„Könnt ihr mir bitte die Protokolle der Vernehmungen schicken?"

„Natürlich. Wir haben die immer zu Marco geschickt."

„Ich bin da einer Spur hinter her, die mich zwingt, die aktuellen Erkenntnisse sofort zu erfahren."

„Das machen wir gern, Kollege."

„Ich muss wissen, wer hier alles übernachtet hat. Die Teams, deren Manager, Ärzte usw.."

„In der Beziehung haben wir viel erfahren. Marco weiß das genauer."

„Wenn es Marco weiß, müsste eigentlich Monika auch davon wissen. Naja, doppelt hält besser. Das Original der Verhöre ist mir auch etwas lieber. Bei der Wiedergabe durch Kollegen, verschwindet dieses und jenes Detail."

„Genau so, sehen wir das auch. Du kannst auch gerne bei uns vorbei kommen und den Vernehmungen zuhören."

„Das täte ich zu gern. Im Moment spitzt sich die Sache aber zu und lässt mir keine Zeit dafür. Ich glaube, der Lösung ziemlich nahe zu sein."

Toni geht noch einmal zu Karol.

„Karol, wer hat dir das Gehalt in Prad bezahlt?"

„Reinald."

„Und wer hat dein Gehalt bei der Firma Ziegel bezahlt?"

„Auch Reinald."

„Danke."

Toni geht zu Zofia.

„Zofia, gebe mir mal bitte die Lohnabrechnungen für Slavo und Karol."

„Die habt ihr doch alle mitgenommen."

Toni wollte Zofia jetzt heraus fordern. Vielleicht gibt es noch andere Unterlagen. Er ruft bei Luise in Prad an.

„Ich komme dann vorbei. Leg mir bitte den Schlüssel bereit."

Irgend Etwas hat Toni in den Unterlagen übersehen. Tatsächlich ist er nur teilweise zur Sichtung gekommen. Es war zu wenig Zeit dafür. Er ist sich sicher, die Beweise schon in der Hand zu haben.

„Zofia. Wir gehen jetzt gemeinsam zum Auto von Karol."

In der Garage steht das Auto. Toni will es öffnen. Verschlossen.

„Hast du den Schlüssel?"

„Nein. Karol."

Sie gehen zusammen auf das Zimmer von Karol. Karol ist etwas überrascht. Er telefoniert gerade. Toni schnappt sich das Telefon und notiert sich die Nummer.

„Karol. Ich brauche mal deinen Autoschlüssel."

Karol scheint den Toni nicht gern geben zu wollen.

„Machen sie bitte keinen Schaden an dem Fahrzeug. Ich hafte dafür."

‚Das auch noch', denkt sich Toni.

Im Auto wird Toni fündig. Genau das, was er gesucht hat. Die Lohnabrechnungen nebst Kontoauszügen. Nicht von der Sparkasse. Nein. Österreichische Kontoauszüge. Das hätte sicher Kilian auch gemeldet. Toni wartet noch darauf. Eigentlich wollte Kilian schneller sein als Nael.

Monika ruft an.

„Gillen und seine Frau sind am Garda. Im gleichen Hotel wie die Fahrer."

„Beschatten", sagt Toni kurz angebunden. „Ich muss nach Prad. Ich weiß nicht, ob ich heute kommen kann."

„Das musst du nicht. Ich ziehe das gute Abendkleid an."

„Trink nicht zu viel."

„Heute ist Hausabend mit Musik."

„Wichtig ist, Gillen zu beschatten. Und gib auf seine Frau acht."

„Die sieht heute aus, als hätte sie keine Unterwäsche an."

„Also, sieht sie aus wie unser Kleiderständer?"

Monika lacht.

„Sie wirkt wie angetrunken."

„Die ist zu gekifft. Wahrscheinlich hat sie schon das neue Dop getestet."

„Es sieht fast so aus, als wolle sie mit einem Trainer verschwinden. Ich rufe an."

Toni ist bei Luise angekommen. Er will die Unterlagen noch einmal genau unter die Lupe nehmen. Die neuen Emails öffnet er gleich mit. Naels Nachrichten sind dabei. Aus neue Von Kilian. Es tauchen noch mehr Firmen von Norbert auf. Natürlich auch die dazu gehörigen Konten. Die Gegenkonten interessieren Toni. Nahezu alle Teams sind vertreten. Team Draft leuchtet besonders hervor. Auch das Team Schoko. ‚Also ist es doch Pilotenschokolade', denkt sich Toni. Wie scheint, muss Toni jetzt Marco bitten, bei Ziegel eine Hausdurchsuchung durchzuführen. Er muss jetzt nur noch die Wohnungen und Häuser der Familie finden. Es scheint genug zu geben. Das schreibt er bei Marco gleich mit in die Email. Es muss schnell gehen. Toni hat den Verdacht, Norbert weiß schon Bescheid. Marco antwortet umgehend mit dem Telefon.

Slavo ist ermordet worden. Bei der Untersuchung des Autos haben die Kollegen die Fehler am Gas- und Bremssystem, offiziell als manipuliert eingestuft. Toni will mit der Hausdurchsuchung bei Norbert die Beweise finden. Vor allem jetzt, weil sie bei Norbert schon waren und der sich in Sicherheit wägt.

Wegen der umfangreichen Auswertung des bereits vorhandenen Spuren und Proben, kommt es lediglich auf einen Vergleich an. Finden die Drei - Übereinstimmungen, ist es geschehen um Norbert und Sara.

Toni weiß jetzt, welche Nebengelasse Norbert hat. Er fährt zunächst in Richtung Bozen auf der MEBO. Plötzlich überholt ihn ein älteres Modell von Mercedes. Ein S 300. Der fährt kurz vor ihm wieder auf seine Spur ein. Er zwingt Toni, streng zu bremsen. Toni hat keine andere Möglichkeit als in die Überholspur auszuweichen. Und genau in diesem Augenblick zieht der S 300 auch in die Überholspur und will Toni rempeln. Nicht nur einmal. Er versucht es mehrere Mal. Toni ist aber auf dem Motorrad ziemlich geübt. Er kann das ausbalancieren. Mit einer echten Vollbremsung ist er den Belästiger vorerst los. Mit einem kurzen Sprint versucht er, die Nummer zu erfassen. Er drückt die Fotofunktion seines Kamerasystems.

In Bozen angekommen, sucht er die Targa. Und siehe da, das Auto gehört Reinald. Aber Reinald saß nicht drinnen. Das hätte Toni bemerkt. Auf dem Foto ist aber auch der Lenker sichtbar. Toni überlegt. Er schaut in seine Handynotizen. Dort hat er auch die Fotos gespeichert. Er traut seinen Augen kaum. Lucas, der Trainer der Dänen. Toni dachte, der ist am Garda. Irrtum. Er ruft umgehend Marco und Monika an. „Fangt mal bitte den Lucas ab. Der hat versucht, mich zu verletzen auf der MEBO."

Die Carabinieri haben die Zufahrtstraßen von Trento und Rovereto mit Streifen beschickt. Es ist jetzt nur noch eine Frage von Minuten.

„Habt ihr auch die Zufahrt Affi gesperrt?"

„Natürlich. Dort stehen wir gleich am Kreisverkehr und am Telepass. Auch in Trento. Hier muss er durch."

Die Landstraßen haben sie gesperrt, weil sie nicht wissen, ob Lucas die Autobahn nutzt.

Toni geht mit seinen Kollegen aus Lana schnell zum Ziegelbau. Die Schenner Kollegen sind bei Reinald im Hotel. Die Kollegen von Prad sind so uns so in der Mücke.

Am Garda findet das Rennen statt. Ohne Trainer und Manager. Die sind bereits wieder fest genommen worden. Dieses Mal kommt auch das Team Draft nicht davon. Gillen ist dabei. Seine Frau fehlt. Die muss jetzt gesucht werden.

Toni sagt am Telefon zu Monika:

„Wir suchen einen Kleiderbügel."

Die Zwei amüsieren sich köstlich.

„Die bekommen wir sicher noch. Weit kann die nicht sein. Die war ja hi."

Kaum sind sie bei Norbert auf dem Grundstück, stellen sie eine gewisse Hektik im Betrieb fest. Irgend Jemand hat die informiert. Man räumt um.

„Wir kommen zur richtigen Zeit", sagt Toni zu seinen Kollegen.

Toni geht bei Norbert ins Büro. Er sieht etwas leidend aus.

„Schlecht geschlafen, Norbert?"

„Hochkant."

„Das wirst du jetzt sicher öfter tun."

„Warum?"

„Weil du fest genommen wirst. Nicht von mir oder von den Kollegen. Die sollen nur aufpassen, dass ihr ab jetzt nichts mehr tut im Betrieb."

„Wir sollen die Arbeit einstellen?"

„Ja, bitte."

Marco kommt mit Monika und einem Riesenaufgebot in knapp zwei Stunden. Ohne Sirene. Sirenen braucht es bei dem Aufgebot auch nicht. Die Zuschauer sammeln sich auch so. Wer jetzt noch offene Rechnungen hat, wird wohl oder übel, Verluste

schreiben dürfen. Vorerst. Nael und Kilian finden
sicher noch ein paar Beträge.
„Wo ist denn Sara?"
„Die steht sicher noch unter der Dusche."
Zwei Beamtinnen gehen sofort nach schauen. Sara ist
nicht da. Fast wie am Garda. Die Frauen verschwinden
heimlich.
„Ruft mal bitte eine Fahndung nach Sara aus."
Toni schaut schnell in die Garage. Er möchte wissen,
mit welchem Auto sich Sara verdrückt hat.
„Sara ist mit dem Z 4 unterwegs."
Die Carabinieri aus Schenna rufen an. Sie haben Sara
in Richtung Vertigen fahren gesehen.
„Die haben dort Oben eine Hütte", sagen sie.
Das hat Toni in den Unterlagen gefunden. Er schickt
gleich zwei Kollegen hinter her. Vielleicht liegen dort
die erhofften Beweise. Bisher hat Toni Indizien. Die,
zusammen gezählt, ergäben schon eine Verurteilung.
Aber zu wenig. Toni möchte mehr.
Bei Slavos Auto wurde die Software umprogrammiert.
Toni staunt. Die Kollegen finden wirklich Alles.
Bei der Razzia finden Toni und seine Kollegen die
Beweise, die sie benötigen. In der Hütte könnte noch
mehr liegen.
Aus den Unterlagen wird ersichtlich, Ziegel war zur
Tatzeit vor Ort. Mit dem gesamten Technikpaket. Die
hätten also die Feuerwehrleiter gar nicht gebraucht.

Sie haben das mit der eigenen Hebebühne getan. In den Unterlagen sieht Toni, dort war tatsächlich eine Befestigung zu bauen. Aber nicht am Fels. Am Bach. Es gab einen Schaden, der behoben werden sollte. Viele Beschäftigte waren da. Auch Norbert.

Toni muss jetzt beweisen, wer es war und wie der Täter, Marco aufgelauert hat.

Er greift sich Norberts Handy. Vielleicht ist dort noch Etwas zu finden. Zunächst schaut er die Nummern an. Einige kommen ihn bekannt vor. Die Nummern von Slavo und Karol sind dabei. Toni kontrolliert die Anruflisten. Die sind gelöscht worden. Jetzt bleibt ihm noch, die Dateien anzuschauen. Und siehe da, es sind Tondateien dabei. Er spielt sie einzeln ab. Das Gesicht von Norbert verfinstert sich. Toni hört Meule, die Frau von Gillen. Die steht seiner Meinung nach, gegenüber Luises Hotel auf dem Parkplatz. Sie gibt das Zeichen, dass Marco los gefahren ist.

‚Mithilfe‘, denkt sich Toni. ‚Die geht sicher auch in den Knast.‘

Jetzt überlegt sich Toni, wie die Mörder Marcos darauf kommen können, dass Marco genau an dem Ort pinkeln geht, an dem sie ihn erwischt haben. Sie haben die Brücke gesperrt. Schon einhundert Meter davor und danach. Marco ist aber in seiner Gewohnheit, weiter gefahren bis zu dem Punkt, an dem er ungestört sein kleines Geschäft verrichten kann.

Eigentlich müsste Toni jetzt noch einmal nach schauen, ob die Täter nur den einen Platz gewählt oder mehrere Möglichkeiten berücksichtigt haben. Das kam Toni zum Zeitpunkt der ersten Beweisaufnahme nicht in den Sinn. Jetzt sieht er das anders.

„Die haben das an mehreren Positionen vorbereitet", sagt er zu sich etwas lauter im Selbstgespräch und schlägt sich dabei an die Stirn. Norbert hört gespannt zu. Toni schaut kurz zwischen seinen Fingern zu ihm hinüber.

‚Jetzt hab ich ihn', denkt er sich. ‚Die haben das lange vorbereitet.'

Er sucht in seinen Unterlagen schnell die Angaben von den Bewohnern, die früh morgens - Tal abwärts, ihren Arbeitsweg zurück legen. Alle beklagten sich über Verspätungen und Sperren. Das fiel Keinem auf.

„Dort wird schon eine Ewigkeit gebaut."

Alle fanden das normal.

Marco ordnet die Verhaftung an. Er glaubt, den Täter zu haben. Bei Sara ist er sich sicher betreffs der Mithilfe. Es geht darum, zu beweisen, ob Norbert vor Ort war.

Der Tod Slavos lässt ihn daran zweifeln. Er schätzt, Slavo und Karol haben ihre Hände mit im Spiel.

Es gäbe noch die Möglichkeit, mit einem Bewegungsprofil nachzuweisen, wo sich Norbert befunden hat an dem Tag. Leider hat das einen Nachteil. Die Technik liefert das Signal, aber nicht deren aktuellen Anwender. Toni verwirft den Gedanken. Norberts Telefon oder sein Auto können auch andere Personen benutzt haben. Er braucht unbedingt den Nachweis. Und das, innerhalb von einem Tag. Norbert und Sara sind fest gesetzt.

Toni zählt die Technik zusammen, die benutzt wurde, um die Gitter mit den Steinen als Verbauung zu platzieren. Er schaut in den Unterlagen nach den Beschäftigten, die dafür vorgesehen waren. Kurz darauf geht er in die Werkstatt des Betriebes. Christian, ein Schlosser ist sein erster Gesprächspartner.

„Warst du mit bei der Bebauung des Suldenbaches?"

„Ja. Wir waren auch am Trafoier Bach. Es gab ziemlich viele Verwerfungen."

„Habt ihr alle dort gearbeitet?"

„Fast alle. Zwei und unsere Sekretärinnen bleiben immer im Betrieb."

„War Norbert bei euch im Suldental?"

„Mehrmals. Auch zusammen mit den Bürgermeistern der Orte."

„Kennst du Slavo und Karol?"

„Die arbeiten bei uns ziemlich oft. Beide können unsere schwere Technik fahren. Sie haben die Berechtigung dafür."

Christian weiß wahrscheinlich noch gar nichts vom Tod Slavos.

„Slavo hatte einen tödlichen Unfall an der Eppaner Abfahrt der MEBO."

„Schade. Er war ein guter, fleißiger Kollege. Er hatte auch am Berg keine Höhenangst."

„Wer hat die Steingitter gefahren?"

„Slavo."

„Wie werden die Steingitter und die Schlagschutznetze verteilt?"

„Wir verteilen die mit der Hebebühne."

„Danke."

Toni reicht das. Das ist eigentlich der Beweis. Jetzt kann er versuchen, Zeugen im Suldnertal zu finden. Tatsächliche wäre das nicht nötig.

Er muss nur noch Proben verschiedener Stellen ziehen, um dort Spuren der Steingitter zu finden.

Sie verlassen Ziegelbau.

Maule und Gillen sind verhaftet. Toni könnte jetzt zu deren Vernehmung fahren und zuhören, was die Zwei getrennt aussagen. Er will es nicht. Er fährt in das Suldnertal.

Jetzt, nachdem Christian gesagt hat, wie sie die Gitter verteilen, will er an anderen Stellen nachschauen, ob dort Spuren zu finden sind.

Kaum kommt er an, bittet er Seppi, der noch zeitweise das Hotel Mücke bewacht, mit zu kommen. Sie fahren gemeinsam zum Stützpunkt unterhalb der Stilfser Brücke. Das Auto von Seppi besitzt eine Anhängerkupplung. Mit der Feuerwehrleiter fahren sie in das Steilgelände etwas unterhalb der Stilfser Brücke.

Seppi ruft seinen Kollegen an. Er soll die Straße an der Stelle sperren und regeln. Seppi zeigt Toni, wie man die Leiter ausfährt. Er ist auch bei der freiwilligen Feuerwehr in Prad. Sie legen die Leiter an den Fels an und Toni steigt mit ein paar gemischten Gefühlen hinauf. Kaum steht der an der oberen Kante des Felsens, sieht er so einen Steinkorb stehen. Der ist geschlossen. Mit etwas Angst in den Knochen, klettert er zu der Stelle. Das Steingitter hat eine Art Tür oder Klappvorrichtung zum Öffnen. Normal wird die Öffnung nach Oben zeigend positioniert. Diese Öffnung zeigte zu Straßenseite. Toni fotografiert das. Dann probiert er das an einer Seite. Das geht tatsächlich zu öffnen. Ganz geöffnet, würden die Steine darin, herunter fallen. Diesen Steinkorb haben Norberts Leute stehen lassen. Vielleicht vergessen? Sicher. Sie mussten schließlich schnell abreisen. Sie standen unter Druck. Schließlich mussten auch die Steine, die nach Unten gefallen sind, weggeräumt werden.

Jetzt erklärt sich Toni auch, warum ausgerechnet das Rad von Marco, kaum Spuren von Steinschlägen zeigt. Das stand angelehnt am Fels am Straßenrand. Dort fällt kein Stein hin. Marco hätte dort auch sein Geschäft verrichtet. Marco konnte aber nicht wissen, wann die Sperre zeitweise geöffnet wird. Er hat sich deshalb für den Platz am Weg kurz vor der Brücke entschieden. An dieser Stelle muss aber Jemand gestanden haben, der Marco direkt mit den Steinen bewirft. Das Rad hatte Marco am Fels oder am Brückengeländer angelehnt. Das haben die Täter nachträglich zu Marco gelegt. Sie müssen auch Marco um gelegt haben. Ziehspuren am Boden waren nicht sichtbar. Es waren also mindestens zwei Täter. Marco wurde gehoben.

Toni bleibt mit Sepp am Ort. Sie rufen die Carabinieri in Schenna an. Die sollen mit Karol an die Stilfser Brücke kommen. Als Treffpunkt vereinbaren sie das Hotel von Luise.

Toni vermutet, die Mörder von Marco P. haben den Platz mit Autos so zu gestellt, dass keiner der einheimischen Passanten den Tatort mit der Leiche Marcos sehen konnte. Bei den Proben, die sie gezogen haben, sind ganz sicher Reifenreste von

Norberts Fuhrpark dabei. Das abzugleichen, ist nur noch eine Formsache. Ihm geht jetzt durch den Kopf, alle Mitarbeiter vom Ziegelbau können schlecht dabei gewesen sein. Sonst hätten Marco und Toni bedeutend eher, Geständnisse bekommen.

Zumindest ein paar Anzeigen. Es muss sich um einen geschlossenen Kreis von Personen handeln, die in Marco P einen Feind sahen. Toni nimmt noch einmal Proben auf dem Zinggweg. Viele. Vor allem von den Plätzen, auf denen Fahrzeuge standen. Die Gegenproben sind bereits bei Ziegelbau und in den Garagen der Hotels der einzelnen Mannschaften gezogen worden. Die Protokolle hat Toni jetzt alle. Seine gesammelten Proben schickt er mit Seppi sofort ins Labor nach Bozen. Morgen sollen sie Bescheid geben. Er bittet das Labor, die Ergebnisse mit den bereits untersuchten Proben zu vergleichen.

„Das wäre die tatsächliche Überführung der Täter", sagt er zu Seppi. Seppi reibt sich die Hände. Er rechnet fest mit einer Beförderung und etwas Ruhm für seinen Ort.

Sie fahren wieder zurück zu Luise. In einem Extrazimmer breitet Toni jetzt seine gesamten Unterlagen aus. Luise soll Marco anrufen. Der muss unbedingt dabei sein. Monika auch. Marco ist am Telefon.

„Morgen klären wir den Mord an Marco P auf. Auch den Mord an Debeule und Slavo."

Marco klatscht in die Hände.

„Willst du zaubern?"

„Nein. Wir haben Alles da, was wir für die Überführung der Täter benötigen. Beweisfest."

Toni spekuliert etwas mit den Proben, die er gerade eingeschickt hat.

„Bringt bitte Karol, Norbert, Sara und Lucas mit. Die könnt ihr dann verhaften."

„Was ist mit Gilles und Meule? Die müssen wir morgen frei lassen."

„Die haben mit gemacht. Habt ihr Meule schon gefunden?"

„Ja."

„Bringt die Alle mit."

Toni bestellt bei Luise einen Liter Kaffee. Luise möchte gern etwas erfahren.

„Hast du die Täter?"

„Morgen Nachmittag kannst du der Familie die Aufklärung mitteilen."

„Alle sind nicht mehr da. Aber die Mama auf alle Fälle."

„Die macht das dann schon zu Hause in Familie."

Luise lacht.

Toni stellt die Unterlagen zusammen. Sie ergeben zusammen eine Beweiskette, die kaum widerlegt werden kann. Auch nicht von angeblich guten Anwälten. Vielleicht kommt morgen dieses oder jenes Geständnis. Notwendig wäre das nicht.

korr1109

Monika kommt schon heute Abend. Marco hat sie bringen lassen von Kollegen. Monika rennt als Erstes unter die Dusche.

„Kommst du?" ruft sie zu Toni.

An sich ist Toni fertig mit dem Sortieren. Er kann sich dem Vergnügen hingeben. Die Aufklärung des Falles scheint ihm einen Extraschwung verliehen zu haben. Monika spürt das. Sie überschüttet Toni mit Komplimenten.

„Es war nicht einsam am Gardasee. Jeden Abend hat jemand an meiner Tür geklopft."

„Hast du geöffnet?"

„Ich hatte keine Hand frei."

„Du kleines Ferkel."

Die Zwei lachen und freuen sich, endlich wieder zusammen zu sein.

Am Morgen klopft Luise.

„Der Kaffee ist fertig."

Die Zwei gehen runter in das Frühstückszimmer. Es duftet nach Kaffee und frischen Brötchen. Reinhold hat sie schon eingekauft.

Kaum haben sie die erste Tasse getrunken und mit Luise etwas gesprochen, rücken die ersten Autos an. Als Erster kommt Marco. Der große Marco ist bei ihm. „Gratulation ihr Zwei. Gut gemacht."
Luise deckt auch für die zwei Marcos. Nach dem Frühstück bleibt genug Zeit, die Unterlagen zu sichten und aus zu werten. Mama Julia hält sich in der Nähe auf. Sie hört etwas neugierig zu und fragt Luise ziemlich oft, was gesprochen wird.
Wie ein großer Umzug, kommen drei Autos mit Carabinieri. Die Nachbarn werden denken, bei Luise findet eine Tagung statt. Eigentlich ist es eine Tagung. Die letzte Tagung für die Mörder Marcos.
Alle nehmen im Frühstücksraum Platz. Luise hat für zwei Gäste einen anderen Raum her gerichtet. Die gehören nicht dazu.
Toni schickt Monika vor, die Rede zu halten. Monika verstehen alle besser als Toni.
„Wir können ihnen heute die Mörder Marco P's, Debeule und Slavos nennen."
Alle schauen sich untereinander an, als würden sie die Schuldigen bei ihren Nachbarn suchen. Toni redet weiter. Dieses Mal in Mundart. Er möchte damit auch ausdrücken, wer die Täter überführt hat.
„ Sie wussten von Trainern, von den Masseusen und von den Kollegen, wo Marco regelmäßig Pinkeln geht, wenn er seine Tagestour beginnt. Marco vermied es

aus gesundheitlichen Gründen, die Toiletten zu benutzen, die andere auch benutzen.

Sie haben an dem Platz, den Marco regelmäßig benutzt und an Stellen in der Nähe, Steingitter platziert. Ihre Arbeiter des Ziegelbau haben sie zum Trafoier Bach geschickt und diese Arbeit mit den verbündeten Trainern und Helfern verrichtet.

Ihnen sind die Geldzuwendungen, das Schweigegeld und die drohende Veröffentlichung ihres Unwesens zu viel geworden. Marco musste beseitigt werden. Ihnen drohte ein Verlust mehrerer Millionen Euro und die Reputation. Die Beteiligten hätten nie wieder im Radsport arbeiten können, geschweige, in einem anderen Profisport.

Sie haben sich an vier Stellen oberhalb der Suldner Straße platziert und dort auf das Zeichen von Meule gewartet. Gleichzeitig haben sie die Straße gesperrt, um zu verhindern, einheimische Zeugen ihrer Tat zu bekommen.

An bestimmten Stellen brauchten sie nur eine Art Lawine auslösen. An der Stelle, an der Marco ermordet wurde, hat das nicht funktioniert. Dort haben sie Marco direkt mit großen Steinen beschossen und dabei getroffen. Wir haben ihre Fingerabdrücke an allen Stahlgittern und Steinen gesichert. Wir haben alle ihre Spuren gesichert. Auch die Autospuren, die sie am Tag der Tat, hier gefahren haben.

Die Frage für uns war, wer dabei alles mit gemacht hat.

Die Fingerabdrücke haben uns genau den Personenkreis geliefert, der heute noch lebend hier sitzt. Sie.

Die Steine, die Marco tödlich getroffen haben, also jene mit Blutspuren, wurden von Slavo, Debeule und Lucas geworfen. Mit den Morden im Nachhinein, wollten sie die Täter beseitigen. Zum Glück haben wir Lucas verhaftet.

Debeule wollte für seinen Treffer und für die Auszahlung von Bestechungsgeldern, mehr Geld von ihnen. Sie haben das abgelehnt. Debeule hat sich sein Gehalt von dem Geld selbst abgezogen. Aus dem Grund, haben sie sich entschlossen, Debeule in seinem Hotelzimmer umzubringen. Das haben Karol, Slavo und Lucas getan. Wir haben dafür Beweise. Auch für die Beteiligung von Gilles und Meule an dem Mord.

Der Auftrag kam nicht von den Radteams und ihren Managern allein. Nein. Norbert bekam Angst, weil Slavo und Karol auch gleichzeitig seine Geldboten waren. Sie wussten genau Bescheid. Das Geld auf den Konten unserer Nachbarländer wurde sowohl in Steingittern als auch in Beton- und

Zementlieferungen versteckt. Als Schweigegeld bekamen die Zwei, gut bezahlte Stellen, Sportautos und Vieles mehr. Trotzdem stand zu befürchten, Slavo oder Karol könnten auspacken. Slavo hat zwischendurch oft die Nerven verloren. Reinald hat Norbert darüber informiert. Offensichtlich wollte sich Slavo mit dem Auto verdrücken. Reinald hat das Auto in der Nacht zu Norbert gefahren. Dort haben sie das Auto manipuliert. Sie haben es mit ihrem Abschleppwagen wieder in die Hotelgarage gebracht. Reinald traute sich nicht, das nach Schenna zu fahren."

Jetzt muss Toni etwas bluffen. Er baut absichtlich eine Lüge ein, um einen der Täter zu einem Geständnis zu bewegen. Er hat sich dafür mehrere solcher Lügen zurecht gelegt.

„Wir haben in den Notizen auch Hinweise gefunden, dass sie vor hatten, Karol auch zu beseitigen. Mit einem Unfall. Wo sollte den Karol verunglücken? Schon hier in Schenna? "

Karol springt auf und gesteht.

Volltreffer.

Der große Marco gratuliert Toni. Er verspricht ihm, ihn wieder auf seinen Platz zu setzen.

„Danke. Bei Monika gefällt es mir sehr. Helfen tu ich euch gern. Auch Monika."

Mama Julia gibt Monika einen Umschlag. Monika öffnet ihn erst auf dem Zimmer.

„Wir können uns neue Motorräder kaufen", sagt sie zu Toni.

„Willst du eins mit zweihundert PS?", fragt Toni lachend.

„Du willst mich wohl gefesselt im Krankenbett?"

„Nichts wäre mir lieber als das."

Marco hört das teilweise. Alle lachen. Mama Julia lacht endlich einmal mit.

Herstellung und Verlag: BoD – Books on Demand,
Norderstedt
ISBN: 9783753407371